Franz Joseph Ritter von Buss

Die kirchliche Immunität: eine positiv-rechtliche Abhandlung

Anatiposi

Franz Joseph Ritter von Buss

Die kirchliche Immunität: eine positiv-rechtliche Abhandlung

Unveränderter Nachdruck der Originalausgabe von 1856.

1. Auflage 2023 | ISBN: 978-3-38200-820-8

Anatiposi Verlag ist ein Imprint der Outlook Verlagsgesellschaft mbH.

Verlag: Outlook Verlag GmbH, Zeilweg 44, 60439 Frankfurt, Deutschland
Vertretungsberechtigt: E. Roepke, Zeilweg 44, 60439 Frankfurt, Deutschland
Druck: Books on Demand GmbH, In de Tarpen 42, 22848 Norderstedt, Deutschland

Die kirchliche

Immunität.

·❊·

Eine positiv-rechtliche Abhandlung

von

einem badischen Juristen.

[Buss (Franz Joseph Ritter)]

·❊·

Mainz,
Druck von J. G. Wirth und Comp.
1855.

Vorwort.

Vorliegende Schrift ist in ihren Grundzügen schon im Herbst 1854 fertig gewesen; und doch glaubte der Verfasser sie so lange zurückhalten zu müssen, bis die Wellen der Ereignisse im badischen Kirchenconflicte sich etwas gelegt haben, und man ruhiger über dieselben denken könne. Sie ist nämlich im Interesse der wahren „Ruhe und Ordnung," d. h. des sicheren Rechtszustandes geschrieben. Sie soll „beruhigen," d. h. nicht mit Gewalt den Rechtsverletzten zum Schweigen bringen, sondern den Versuch machen, vom Wege der Thatsachen auf den des positiven Rechtes zu lenken. Ihr Standpunct ist ausschließlich der des juristisch existenten Rechtes. Hierunter werden nicht verstanden die Normen, welche die „modernen," d. h. die „aufgeklärten" Staats- und Kirchenrechtslehrer, Philosophen und Praktiker gemacht oder nachgemacht haben, denen einseitige Machtsprüche, bloße Thatsachen oder unlogische und unhistorische Ideen der Massen als positives Recht gelten.

Die Wissenschaft ist dazu berufen, der Wahrheit Recht zu verschaffen, sich nicht zu scheuen, den Irrthum aufzudecken, und die definitive Entscheidung der Controversen des praktischen Lebens vorzubereiten. Die Rechtswissenschaft insbesondere hat die Pflicht, das Recht absolut gegen Jedermann zu vertheidigen, und es ist eben das System, aus unberechtigten Normen oder bloßen philosophischen Theorien ein Rechtsgebäude zu fingiren, ein mindestens unjuristisches.

Die Rechtswissenschaft darf am allerwenigsten dem Grundsatze des Nachhinkens hinter den Thatsachen, dem Principe folgen, das dahin formulirt wurde:

„wer die Gewalt hat, der hat das Recht!"

Die Gewalt ist ein bloß factisches, kein Rechtsverhältniß. Sie constatirt den factischen Besitzstand in so lange, bis der Prozeß der Ideen definitiv entschieden, d. h. das positive Recht zur Geltung gekommen ist. Sie ist die sich selbst zerstörende Frucht des Illuminatenthumes, der absolutistischen Negation, die es mit ihrer Moral für gleichbedeutend hält, ob sie durch die Volksmassen oder die sog. Gebildeten zur Herrschaft gelangt. Der „Fortschritt" dieses Systems besteht darin, zum gesetzlosen Zustand, zur Massenentnervung und Entmannung, zum allgemeinen sittlich-politisch-ökonomisch-religiösen Zerfall, zum Chaos zurückzuschreiten [1]). Dieses System steht daher im schärfsten Gegensatze zu der stabilen Rechtsordnung der Corporationen; Alles soll Jenem in der Allgemeinheit, im „modernen Staate" aufgehen, d. h. Alles soll nach den schwankenden Theorien und den Launen der Gewalthaber geordnet werden.

Die katholische Kirche dagegen steht wie ein Fels auf ihrer positiven Rechtsordnung fest, ihr Fortschritt ist die Entwickelung derselben, der göttlichen, durch sie verkündeten Wahrheit. Sie steht heute, wie immer, als Vorbild und Hort der positiv-rechtlichen Ordnung und Freiheit da; heute, wo es fast jeder Corporation außer ihr an selbstständiger Vertretung fehlt. Ihre Rechtsinstitute können von der Gewalt, die sich an ihr bricht, wohl gestört, aber nie zerstört werden. Sie nimmt ihren ewigen, völkerbeglückenden Lauf über die Hemmnisse, die ihre Siege bereiten. Auf ihr beruht das Glück der Familie und des Staates.

Die Geschichte unseres Vaterlandes weist es zur Genüge nach, daß der Stolz und die mächtigen Existenzgründe desselben, nämlich

---

1) So hielt der Abgeordnete Broffiero dem jetzigen sardinischen Ministerum entgegen: „seine Politik sei die der reinen Leerheit, seine Verwaltung das Chaos, die Verwirrung. Es frage weder nach Tadel noch nach Recht etwas; und strebe nur dahin, seine materielle Existenz zu fristen."

die auf dem historischen Rechte begründete religiöse und politische Blüthe, Freiheit und Einheit mit der Achtung der eigenthümlichen kirchlichen Institute stehen und fallen. Die deutsche Nation, wie der Einzelne hat ein Recht, das legitimer, älter und heiliger ist, als jedes andere, nämlich sich in religiöser Beziehung frei zu bewegen, die Gewissen nicht vom Staate beherrschen zu lassen, und die kirchlichen Institute, wie sie sind, von Jedem geachtet und unangetastet zu sehen.

Zu Letzteren gehört die Unverletzbarkeit der kirchlichen Immunität, deren positive Rechtsbegründung die vorliegende Schrift versucht. Sie soll den ehrlichen Theologen und Juristen, den wahren „Ehrenmännern," welche die Ehre in Erfüllung der christlichen Pflichten (nicht in dem Flitterwerke der Welt, dem Muthe gegen Schwache und Servilismus gegen die Starken) suchen, die nöthigen Andeutungen geben, daß die katholische Kirche die Heilighaltung ihres genannten eigenthümlichen Instituts rechtlich fordern kann, und fordern muß, wenn sie sich nicht selbst aufgeben, und verstaatlichen, d. h. säcularisiren will.

Es wurde hiebei vorzüglich auf die Rechtsverhältnisse in Baden Rücksicht genommen, weil gerade hier im Kirchenconflict die weltliche Jurisdiction so häufig in die geistliche hinübergegriffen, und die kirchliche Immunität factisch nicht anerkannt hat; weil im badischen Kirchenconflicte so viele Geistlichen — den Hochwürdigsten Herrn Erzbischof v. Vikari nicht ausgenommen — insbesondere wegen ihrer kirchlichen Amtshandlungen von den weltlichen Gerichten in Untersuchung genommen wurden.

Da die Gewalt weder Rechte schaffen, noch alteriren kann, so kömmt es für den Mann des positiven Rechtes nur darauf an, auf welcher Seite solches in dem Conflicte über die kirchliche Immunität steht. Die vorliegende Schrift verzichtet deßhalb darauf, solche, welche Thatsachen für Rechte halten, welche keine andere Geschichte als die ihrige kennen, zu überzeugen. Sie verschmäht es, die stereotypen Phrasen vom „öffentlichen Wohl" und wie die pikanten Worte des Josephinismus Alle heißen, welche die Gedanken ersetzen sollen, zu benützen. Sie ist nur für solche Männer geschrieben, denen Recht und Gewissen heilig und unverletzlich ist; und verlangt von denen, welche nach dem Grundsatze: „sic volo, sic jubeo —" handeln, nur die Billigkeit, anzuerkennen, daß die Kirche ihre Forderungen nicht a priori formulire, sie nicht auf Machtsprüche gründe; sondern daß sie auf ihrem uralthistorischen Rechtsboden stehe, sich in Dem behaupten wolle und Das zurückverlange, was schon achtzehn hundert Jahre lang ihr eigen war.

Geschrieben den 15. Juli 1855.

Der Verfasser.

I. Die kirchliche Gerichtsbarkeit, nach dem katholischen Dogma und den Canones.

Die Selbstregierung der katholischen Kirche durch ihre kirchlichen Obern, die Hierarchie, ist Glaubenssatz unserer heiligen Kirche. Die Katholiken glauben, daß sie in allen kirchlichen Angelegenheiten nur vom heiligen Vater, als dem Stellvertreter Christi, und von den Bischöfen, als den Nachfolgern der Apostel regiert werden. Und es stützt sich dieser Glauben auf die göttliche Offenbarung.

„Gehet hin — sprach der Herr zu seinen Jüngern — und lehret alle Völker. Lehret sie alles halten, was ich Euch befohlen habe [1].“

„Empfanget den heiligen Geist, denen Ihr die Sünden nachlasset, denen sind sie nachgelassen [2].“

„Wer die Kirche nicht hört, der sei dir wie ein Heide und öffentlicher Sünder.“

Und: „Sehet, ich bin bei Euch, alle Tage bis an das Ende der Welt.“

„Wahrlich, sage ich Euch, was ihr auf Erden binden werdet, das soll auch im Himmel gebunden sein [3].“

---

1) Math. 28, 19, 20.
2) Johann. 20, 22, 23.
3) Math. 18, 15 — 18.

Die katholische Kirche ist demnach die fortdauernde göttliche Anstalt auf Erden, welcher der Herr verheißen hat, durch die Nachfolger der Apostel, den Episcopat, immer bei ihr zu sein, und welche sonach kraft göttlicher Einrichtung vom Episcopate, den Stellvertretern der Apostel, regiert wird.

Diesen Glaubenssatz sprachen auch schon die Apostel aus. So vindicirt der heilige Apostel Paulus den Bischöfen die ausschließliche Regierung der Kirche mit den Worten:

„Habet Acht auf Euch und die Heerde, in welche Euch der „heilige Geist zu Bischöfen gesetzt hat, die Kirche Gottes zu „regieren [1]).“

Derselbe heilige Apostel erkannte den Bischöfen die kirchliche Gerichtsbarkeit zu, indem er dem Bischof Timotheus schrieb:

„Gegen einen Priester nimm keine Klage an, außer bei zwei „oder drei Zeugen [2]).“

Dieselbe Lehre der ausschließlichen Regierung der katholischen Kirche durch den Episcopat und folgeweise der kirchlichen Gerichtsbarkeit trugen auch die Kirchenväter vor[3]); auch wurde sie in den ökumenischen Concilien ausgesprochen.

So sprach der Bischof Hosius von Corduba auf dem Concil von Nicäa zum Kaiser Constantius:

„Vernimm rücksichtlich der kirchlichen Angelegenheiten Vorschrif-„ten von uns. Dir hat Gott das Reich übertragen, uns (den „Bischöfen) aber das Kirchliche anvertraut.“

Der Papst Gelasius [4]) schrieb an den Kaiser Anastasius:

„Durch eine zweifache Autorität wird diese Welt regiert: durch „die königliche und priesterliche. Jede ist in ihren eigenen An-„gelegenheiten von der anderen unabhängig.“

So schrieb auch der heilige Ignatius [5]):

---

1) Apostelgeschichte 20, 28.
2) I. Timoth. 5, 19.
3) S. Leo Serm. 4. S. Augustinus Serm. 296.
4) Epist. 8 ad Anastasium.
5) Epist. ad Smyrn.

„Ohne den Bischof thue Niemand etwas in kirchlichen Ange-
„legenheiten."

Der Episcopat ist auch nach der Lehre der katholischen Kirche der
Bewahrer des reinen Glaubens, der nicht blos in der heiligen Schrift,
sondern auch in der Tradition hinterlegt ist. Der Episcopat ist Richter
und Gesetzgeber der Kirche, und jeder Katholik beschwört nicht blos die
Tradition, sondern auch die kirchlichen Vorschriften heilig zu halten [1]):

So heißt es in dem katholischen (tridentinischen) Glaubensbe-
kenntnisse wörtlich:

„Die apostolischen und kirchlichen Traditionen, sammt den übri-
„gen Gebräuchen und Satzungen der Kirche nehme ich an, und
„verharre dabei festiglich."

„Die heilige katholische und apostolische (d. h. **vom Epi-**
„**scopate regierte**) römische Kirche erkenne ich als Mutter aller
„Kirchen, und dem römischen Papste, als dem Nachfolger des
„heiligen Apostelfürsten Petrus und als dem Statthalter Jesu
„Christi, verspreche und gelobe ich wahren Gehorsam. Auch
„alles Uebrige, was von den heiligen Kirchensatzun-
„gen *(Canones)* und allgemeinen Kirchenversammlun-
„gen, und besonders von dem Tridentinischen Kir-
„chenrath überliefert, entschieden und erklärt worden ist,
„nehme ich unbezweifelt an und bekenne es.

„..... Diesen wahren apostolischen Glauben ...... will
„ich ganz und unverletzt bis zum letzten Hauche meines Lebens
„mit Gottes Hilfe auf's standhafteste behalten und bekennen [2])."

Es ist demnach die Hierarchie, d. h. die ausschließliche Regierung
der katholischen Kirche durch den Episcopat, dessen richterliche,
administrative und gesetzgebende Gewalt, insbesondere die Heilighaltung der heiligen Canones, Glaubenssatz der Katholiken.

Nach canonischem Rechte kann aber die Gerichtsbarkeit des Episcopats über alle kirchliche Personen und Gegenstände gewiß keinem
Zweifel unterliegen.

---

1) Conc. Trid. sess. IV. Bulla Pii IV.
2) Deharbe: „Lehrbuch d. Relig. I. Band. S. 13—14.

Wir führen aus der großen Menge der Belegstellen des Corpus
juris canonici nur folgende an:

Can. 43. causa XI. quaestio 1.:

„Placuit, ut quisquis Episcoporum, Presbyterorum et Diaconorum,
seu clericorum, cum in Ecclesia ei crimen fuerit intentatum, vel
civilis causa fuerit commota, si derelicto Ecclesiastico judicio, publi-
cis judiciis purgare voluerit, etiamsi pro ipso fuerit prolata sententia,
locum suum amittat. Et hoc in criminali actione [1]."

Can. 1. dist. 96.:

§. 2. „Licuit Laico homini janathema in ordinem Ecclesiasticum dictare; aut potuit Laicus Sacerdoti anathema dicere, et ....
quod ei non competebat constituere? Dicite, vobis quid videtur?
..... Sancta Synodus dixit: non licuit.

§. 7. ..... Modis omnibus in Synodali conventu providâ
beatitudinis vestrae sententia enervari conveniebat, et in irritum
deduci; ne in exemplum remaneret, praesumendi quibuslibet Laicis,
..... vel potentibus, in quacumque civitate quolibet modo ali-
quid decernere de facultatibus Ecclesiasticis, quarum solis Sacerdo-
tibus disponendi . . . a Deo cura commissa docetur."

Cap. 17. X. de judiciis, lib. II. tit. I. Innocentius III. Vercellin.
Episcopo anno 1200.

„Praelati debent Laicis de Clericis justitiam facere . . . ad
saeculare tamen forum Clerici a Laicis trahi non debent etiam data
ipsorum Praelatorum negligentia."

Cap. 2. X. de foro competenti lib. II. tit. 2.

„Nullus Iudicum, neque Presbyterum, neque Diaconum aut
Clericum ullum aut minores Ecclesiae, sine permissu Pontificis per
se distringere aut condemnare praesumat.

Quod si fecerit, ab Ecclesia Dei, cui injuriam irrogare dig-
noscitur, tamdiu sit sequestratus (excommunicatus) quousque reatum
suum cognoscens emendet."

Cap. XII. eod. lib. II. tit. 2.

---

[1] Cf. IV. Concil von Carthago c. 23. can. 6. 7. Causa XV. quaestio 7. c. 57
C. XVI. q. 1.

„Clericus non *potest* sibi constituere Judicem Laicum, etiamsi proprium juramentum et adversarii consensus accedat."

Am allerentschiedensten hat aber der heilige Kirchenrath von Trient, dessen Satzungen anerkannt die neuesten Quellen des gemeinen canonischen Rechtes sind, die gerichtliche Immunität der Geistlichkeit festgesetzt.

Bekanntlich ließ der heilige Kirchenrath einen Entwurf zur **Reformation der weltlichen Fürsten in Betreff dessen, was sie gegen die Freiheit der Kirche verübt haben,** verfassen. An dessen Stirne stehen folgende Bestimmungen.

„§. 1. Zuvörderst sollen die weltlichen Fürsten es nicht wagen, geistliche Personen vorzuladen, zu verhaften, zu richten, oder gegen sie wie immer vorzufahren, auch nicht unter dem Vorwande eines Mordes, oder wenn es sich um einen Titel des Klerikats handelt, oder wenn sie die Zustimmung des Klerus haben, oder weil die Parteien auf das Verlangte verzichtet haben, oder aus jedem andern Grunde, auch unter dem Vorgeben des öffentlichen Nutzens oder des königlichen Dienstes.

„§. 2. Alle geistlichen Rechtsstreitigkeiten, sowohl über Personen als Sachen und Zehnten, Quarten oder andere Theile, welche zur Kirche gehören, oder über deren Zahlungen, Kirchenlehen und Patro= natrecht und Patrimonial= und was immer für andere Benefizien, sollen nicht nur im Petitorium, sondern auch im Possessorium nur von geistlichen Richtern und nicht von weltlichen untersucht und entschieden werden; andernfalls sollen, was immer für Prozesse, Ur= theile und Beschlüsse auch durch ein Edict gegen alle Betheiligten von Rechtswegen nichtig sein und keinerlei Wirkungen erlangen."

„§. 3. Die geistlichen Richter sollen nicht von Laien, auch wenn sie es aus apostolischer Autorität zu thun behaupten, sondern von jenen Kirchenobern, welchen es zusteht, bestellt werden. Cleriker aber, welche solche Aemter von Laien, aus was immer für Privilegien annehmen würden, sollen von Rechtswegen suspendirt und der Pfrün= den, welche sie haben, verlustig sein und zur Erlangung anderer unfähig gemacht werden und auch späterhin gar kein Amt der Kirche versehen dürfen."

„§. 4. Die Jurisdiction der Bischöfe soll durch keine Edicte, Befehle oder Drohungen behindert werden. Es sei ein Frevel, einem Geistlichen zu gebieten, daß er Niemanden ohne eingeholte Erlaubniß banne, oder zu befehlen, daß er den verhängten Bann widerrufe, oder daß er Niemanden in Untersuchung nehme, vorlade, verurtheile, oder daß vor ihm kein Procurator, Notar oder jemand anderer erscheine.

Späterhin sollen sie also auf gar keinerlei Weise sich in Betreff deren Personen, Sachen, Rechtsstreitigkeiten oder Gerichten einmischen."

Demgemäß hat auch dieser heilige Kirchenrath in Sess. XXV. cap. 20. de reform. beschlossen:

„Cupiens sancta Synodus Ecclesiasticam disciplinam in Christiano populo non solum restitui, sed etiam perpetuo sartam tectam a quibuscumque impedimentis conservari, praeter ea, quae de ecclesiasticis personis constituit, saeculares quoque principes officii sui admonendos esse censuit; confidens eos, ut Catholicos, quos Deus sanctae fidei Ecclesiaeque *protectores* esse voluit, jus suum Ecclesiae *restitui*, non tantum esse concessuros, sed etiam subditos suos omnes ad debitam erga Clerum, Parochos et superiores ordines reverentiam revocaturos, nec permissuros, ut officiales, aut inferiores magistratus Ecclesiae *et personarum ecclesiasticarum immunitatem*, **Dei ordinatione** et canonicis sanctionibus constitutam, aliquo cupiditatis studio seu inconsideratione aliqua violent; sed una cum ipsis principiis debitam sacris summorum Pontificum, et Conciliorum constitutionibus observantiam praestent. Decernit itaque et praecipit, sacros Canones et Concilia generalia omnia, nec non alias Apostolicas sanctiones, in favorem ecclesiasticarum personarum, libertatis Ecclesiasticae et contra ejus violatores editas, quae omnia praesenti etiam decreto innovat, exacte ab omnibus observari debere."

In dieser Stelle wird die kirchliche Immunität als eine *institutio juris divini* erklärt, wovon die allgemein anerkannte Folge ist, daß sie nicht nur nicht durch die Gesetzgebung des Staats, sondern auch nicht durch die der Kirche aufgehoben werden darf.

Hieraus folgt, daß es Glaubenssatz der katholischen Kirche ist, es stehe ihr die Entscheidung in allen katholisch-kirchlichen Angelegen=

heiten zu. Für den Katholiken ist es daher eine Forderung der Consequenz, eine Folge seines religiösen Seins, die kirchliche Jurisdiction anzuerkennen. Er muß dieses Glaubensbekenntniß überall offen bekennen und ausüben dürfen, wo ihm überhaupt freie Religionsübung gestattet ist. Da er an die Unfehlbarkeit der Kirche glaubt, Letztere aber göttliches Recht nicht abändern darf, so kann er weder durch Commissiv- noch Ommissiv-Handlungen die kirchliche Jurisdiction verletzen, so lange er noch Katholik ist. Dieses höchste Gut des Glaubens [1] an eine katholische apostolische Kirche, der Beobachtung der Kirchengesetze und damit der Rechte der katholischen Glaubensgemeinschaft darf ihm nirgends entrissen werden, wo positiver Christusglauben garantirt und Gewissensfreiheit noch eine Wahrheit ist.

Jeder Staat, der sich ein christlicher nennt, spricht es damit aus, daß er in kirchlichen Dingen Dasjenige als allein maßgebende Norm achten und schützen will, was diejenige Autorität ausspricht, welche unser göttlicher Heiland, der alleinige Souverain der christlichen Nation, als die hiezu einzig und allein befähigte und berufene eingesetzt hat. Diese ist nach katholischem Glauben — die Hierarchie. Sie allein ist berufen und autorisirt, den Sinn der christkatholischen Lehre zu interpretiren, und in diesem Sinne verlangen die Katholiken in den kirchlichen Angelegenheiten Anerkennung und Ausführung des Grundsatzes: „Roma locuta, finita est controversia [2])!"

---

1) Der Christ kennt kein höheres Gut, keine größere Ehre als die, nach seinem Glauben zu leben, denselben zu bekennen und — für ihn zu leiden, wenn es sein muß. Er bedauert deßhalb die Religionslosen und Indifferenten. Eine moralische Existenz ist für ihn daher nur bei der freien Bethätigung seiner religiösen Ueberzeugung denkbar, welche dem badischen Katholiken der §. 18 der Verfassungs-Urkunde feierlich garantirt hat.

2) Es gibt kein Recht, ohne die Befugniß, es auszuüben zu dürfen. Läßt man aber dem Atheisten das Recht, nach seiner Ueberzeugung zu leben, weßhalb sollten die Katholiken ihre religiöse Pflicht nicht ausüben dürfen? cf. v. Ketteler, Recht und Rechtsschutz.

§. 2.

II. Anerkennung und ununterbrochene Ausübung des jus dioecesanum und der tota jurisdictio ecclesiastica seit der Einführung des Christenthums in Deutschland.

1. Bis zum Jahre 1803.

Die Berechtigung zu dieser Auffassung der katholischen Kirche ist auch stets von der weltlichen Gesetzgebung selbst im Grundsatze anerkannt und beachtet worden. Die Decrete der römischen Kaiser erkennen ausdrücklich die Selbstständigkeit der Kirche, ihre gleichberechtigte Coexistenz neben dem Staate, sie erkennen die kirchliche Jurisdiction an, und hielten es für ihre heiligste Pflicht, dieselbe zu schützen und zu befestigen, nicht aber in dieselbe einzugreifen [1]).

Mit der christkatholischen Religion überkam die deutsche Nation auch das canonische Recht. Es wurde, wie es sich nach und nach ausbildete, Gemeingut der deutschen Nation, gemeines deutsches Recht. Es ist auch nach den vorliegenden Zeugnissen nie ein Zweifel darüber entstanden, daß die kirchliche Jurisdiction — im ausgedehntesten Sinne des Wortes — bis zur Zeit der Reformation nicht ungetheilt den Kirchenobern zugestanden habe. Die ältesten und neueren deutschen Reichsgesetze haben sie auch stets garantirt und geschützt, und zwar in dem Umfange, wie sie das canonische Recht vorschreibt [2]). Die Wahlcapitulationen der deutschen Kaiser besagten ausdrücklich, daß sie über kirchliche Personen und Gegenstände keine Urtheile fällen lassen und sich überhaupt nicht darein mischen wollten [3]).

Selbst in der Periode der gewaltsamsten Erschütterung des Rechtes der katholischen Kirche hat man ihr im Bereiche ihrer Wirksamkeit die geistliche Gerichtsbarkeit nicht einmal von Seiten der Protestanten

---

1) Const. 12 de sacr. eccl. I, 2; const. 29 de ep sc. aud. I, 4 Nov. 79; 83; 86 cap. 7; 123 cap. 8. 21. 22.

2) Edict. Chlotar. II, a 615 c. 4. Cap. Carol. Magn. ad leg. Longob. c. 99. Auth. Frider. II. ad leg. 33. C. de episc. I, 3; cf. Georgisch corp. jur. Germ. p. 1158.

3) R. J. Nov. §. 164. Capit. Caes. art. 14. §. 45. Cramer, Wetzlar. Nebenstunden Thl. 1. Abschn. 9. §. 5, 7, 8; Thl. 21. Abt. 8. §. 2.

bestritten. Als nämlich die Reformation Deutschland in ein katholisches und in ein protestantisches theilte, und in Folge derselben neben der katholischen Kirche eine protestantische Confession sich erhob; so hatte dies endlich die Folge, daß die katholisch-kirchliche Gerichtsbarkeit über die Protestanten suspendirt wurde. Eine förmliche Aufhebung derselben ist von Seiten der Kirche nie ausgesprochen worden [1]. Hieraus folgt von selbst, daß die geistliche Jurisdiction über Katholiken von Seiten der Protestanten nicht aufzuheben versucht wurde, und daß es überhaupt damals ganz entschieden und unstreitig gewiß war, daß alle katholisch-geistlichen Sachen zur kirchlichen, nicht aber zur weltlichen Competenz gehören.

Diese Behauptung findet ihre Bestätigung auch in folgendem Umstande.

Obgleich die katholisch-kirchliche Gerichtsbarkeit über Protestanten suspendirt und auf die Landesherren übergegangen war, welche Letzteren unter Kaiser und Reich stunden; so weigerten sich doch die Protestanten mit Erfolg, die Reichsgerichte als in protestantisch-geistlichen Sachen competent anzuerkennen. Bei der Discussion hierüber wurde ständig sowohl protestantischer- als katholischerseits als unbestritten anerkannt, daß die geistliche Gerichtsbarkeit (im Sinne des canonischen Rechtes) über Katholiken der Kirche zustehe [2]. Gestützt gerade auf die die gegenseitigen Verhältnisse ordnenden Friedensschlüsse behaupteten die Protestanten, daß die darin niedergelegte exacta et mutua aequalitas sie berechtige, in kirchlichen Angelegenheiten sich ebenso wie die Katholiken nicht vor die großentheils mit Katholiken besetzten Reichsgerichte zu stellen. Das praktische Resultat war: Gleichheit der Stimmen bei den Reichsgerichten und itio in partes auf den Reichstagen bei allen die Religion auch nur berührenden Angelegenheiten.

---

1) v. Linde, Betrachtungen über die Selbstständigkeit und Unabhängigkeit der Kirchengewalt, und Schutzpflicht des deutschen Bundes und der sämmtlichen und einzelnen Theilnehmer am westphälischen Frieden in Deutschland. (Gießen 1855), §. 6, insbesondere S. 38 (welch' gründlicher, ausgezeichneter Schrift ich überhaupt in diesem Paragraphen gefolgt bin.).

2) Linde a. a. O. S. 39—45.

Die Bestimmungen des westphälischen Friedens [1] constatiren übereinstimmend hiemit die rechtliche Thatsache, daß der katholischen Kirche ihre Gerichtsbarkeit über katholisch=geistliche Personen und Sachen, wie sie solche früher besessen, garantirt; dagegen die über Protestanten suspendirt sei.

So besagt Art. V. §. 48, Nro. 16 dieser Völkerrechts=Acte:

„jus dioecesanum et tota jurisdictio ecclesiastica cum omnibus juris speciebus contra Augustanae Confessionis Electores, Principes, status eorumque subditos suspensa esto."

In welchem Umfange aber die kirchliche Jurisdiction damals bis zum Anfange dieses Jahrhunderts gehandhabt wurde, so daß sie sogar über Civilsachen der Geistlichen und geistlichen Sachen (wie Zehnten) entschied, mögen die beiden nachstehenden Zeugnisse beweisen.

So versprach der protestantische Bischof von Augsburg im §. 54. der Osnabrücker Wahlcapitulation de 1650:

„Er wolle (als Landesherr) vermöge 1648 aufgerichteten Inst. pacis über Unterthanen, die sich zur römisch=katholischen Religion bekennen, alles Dasjenige nicht gebrauchen, so ihrem Glauben, Weihung, Geistlichkeit und Kirchenjurisdiction . . . . . cognitiones et jurisdictiones causarum *ecclesiasticarum* . . . . . cum omnibus suis speciebus, sonderlich aber causae matrimoniales . . . nicht gebrauchen . . . . deren Inspection und Oberinspection dem Erzbischof von Cöln vorbehalten lassen [2]."

Constit. Synod. Const. de 1759. Tit. XXVI. de immun. eccl.:
„Nemo saecularium Clericum qualemcunque in vincula ob *quamcumque* causam sub poena *Excommunicationis latae sententiae* conjiciat, aut ei mulctam vel poenam aliquam imponere praesumat.

3. Clerici deliquentes Nobis (Episcopo) aut Vicario Nostro deferantur, quos juxta delicti qualitatem, et Canonicas sanctiones puniemus."

So anerkennt auch die Wahlcapitulation des Kaisers Franz II. vom 5. Juli 1792 im Art. XIV. §. 5. die Gerichtsbarkeit der Erzbischöfe und Bischöfe Deutschlands selbst in den causis saecularibus, die allerdigs ab ecclesiasticis rechtlich distinguirt werden sollen, an.

---

1) Art. V. §. 31, 48.
2) Moser Landeshoheit im Geistlichen 4. Buch 9. Cap. §. 25. 38.

So sehr vertheidigte man am Ende des vorigen Jahrhunderts noch die volle Verfassung der katholischen Kirche, also auch die geistliche Gerichtsbarkeit, daß am Rastatter Congreß in der 29. Session vom 6. März 1798 beantragt wurde, es soll in den mit der französischen Republik vom deutschen Reich abzuschliessenden Frieden die Gewähr aufgenommen werden, „daß in den (an Frankreich) abzutretenden Landen in allem dem, was zu jeder besonderen kirchlichen Verfassung gehört, keine wesentliche Veränderung zu machen seie [1]."

Ebenso wurde in der 28. Sitzung dieses Congresses die Nothwendigkeit der Abgabe der Erklärung an die französischen Bevollmächtigten ausgesprochen:

„Man wolle sich auch in die anverlangte, durch die Säcularisation zu erzielende Entschädigung für die zu Verlust gebenden Länder, jedoch dergestalt einlassen, daß dabei mit allen denjenigen Maßregeln und Vorsichten eingeschritten werden müsse, welche die Constitution des deutschen Reiches in religiösen und politischen Hinsichten, und das darauf gegründete Wohl der Stände, Reichsangehörigen und Unterthanen soviel immer möglich, theils erhalten und befestigen, theils wieder herstellen können [2]."

Bekanntlich hat der Rastatter Congreß die Abtretung des linken Rheinufers an Frankreich und die Entschädigung der dadurch verlierenden deutschen Reichsstände durch Säcularisation beschlossen.

Als aber die Feindseligkeiten wieder ausbrachen, so hielt der darauf geschlossene Friede von Lüneville die in Rastatt beschlossenen Grundlagen des Friedenswerks bei, und es wurde eine außerordentliche Reichsdeputation zur Ausführung desselben am 7. November 1801 niedergesetzt, deren Werk der Reichsdeputationshauptschluß vom 25. Februar 1803 ist.

---

[1] Prot. der Reichsfriedens-Deputation zu Rastatt von Münch v. Bellinghausen. Rast. 1820 Bd. 1. S. 412 ff.
[2] Ebendas. Band 1. S. 496.

§. 3.

2. Anerkennung der *jurisdictio ecclesiastica* durch den
R. D. H. bis jetzt.

Während durch den Preßburger Friedensschluß der badische Staat kraft dieses völkerrechtlichen Vertrags die Katholiken von den früheren katholischen Fürsten unter ausdrücklicher Garantie ihrer früher besessenen Religionsrechte[1]) überkam, sichert dieser §. 62. und 63. des Reichsdeputationshauptschlusses gleichfalls ihnen ausdrücklich solche zu.

§. 62. „Die erzbischöflichen und bischöflichen Diöcesen verbleiben in ihrem bisherigen Zustande, bis eine andere Diöcesaneintheilung auf reichsgesetzliche Art getroffen sein wird, wovon dann auch die Einrichtung der künftigen Domcapitel abhängt."

§. 63. „Die **bisherige** Religiosübung eines jeden Landes soll gegen Aufhebung und Kränkung jeder Art **geschützt** sein; insbesondere jeder Religion der **Besitz** und ungestörte Genuß ihres eigenthümlichen Kirchengutes und Schulfonds nach der Vorschrift des westphälischen Friedens ungestört verbleiben; den Landesherren steht jedoch frei, andere Religionsverwandte zu dulden und ihnen den vollen Genuß bürgerlicher Rechte zu gestatten."

Dieser völkerrechtliche Vertrag gründete aber gerade den jetzigen Bestand Deutschlands. Er ist ein Theil des deutschen Staatsrechtes[2]); er wurde als noch jetzt giltig sogar in der bekannten „Beleuchtung" zum Erzbischöflichen Circular vom 5. Mai v. J., ausgegeben durch Ministerial-Erlaß vom 18. Mai 1854, erklärt.

Der Reichsdeputationshauptschluß hat seinen Zweck, die Beibehaltung der seitherigen Religions- und Kirchenverfassung zu garantiren, auch in den Protocollen klar niedergelegt. Er hat es ausdrücklich erklärt, daß die Staaten Deutschlands nicht befugt seien, ohne Bewilligung des Kirchenoberhaupts in kirchlichen Angelegenheiten den Status quo zu ändern.

---

1) Preßb. Fried. de 1805. §. 8.
2) Oberhofger. Jahrbücher (a. F.) III. S. 59.

„Bei dem befestigten Stande der erzbischöflichen und bischöflichen Diöcesen in ihrem dermaligen Zustande bis eine andere Einrichtung auf reichsgesetzliche Art getroffen sein werde, glaubt die kaiserliche Commission von der Unterstellung ausgehen zu dürfen, daß hierunter die verfassungsmäßige Vereinbarung mit Seiner päbstlichen Heiligkeit . . . verstanden werde."

Auf diesen kaiserlichen Erlaß vom 6. November 1802 wurde in der Sitzung der R. D. vom 11. November 1802 bemerkt:

„daß der Ausdruck: reichsgesetzliche Art . . . . allerdings die verfassungsmäßige Vereinbarung mit dem päbstlichen Stuhle . . . . andeute ¹)."

Sonach ist es rechtlich außer Zweifel, daß die durch den R. D. H. bewirkte Länderveränderung keinen andern Einfluß auf die katholische Religions= und Kirchenverfassung, insbesondere auf die geistliche Jurisdiction äußerte, als daß solche hierdurch neuerdings unverändert unter den Schutz der Paciscenten gestellt wurde. Noch mehr, es hat diese völkerrechtliche Akte, auch (wie bemerkt) den Grundsatz sanctionirt, daß überhaupt nur eine Vereinbarung mit dem heiligen Stuhle den früheren Rechtsbestand alteriren könne.

Es ist das Rechtsverhältniß zwischen den verschiedenen christlichen Religionsparteien, wie es der westphälische Frieden festgestellt hat, mit der alleinigen Ausnahme der Parität aller christlichen Confessionen in Deutschland, wie sie der §. 63 des R. D. H. bestimmt, geblieben ²).

Diese Parität ist durch die Rheinbundes= ³) u.d Bundesakte ⁴)

---

1) Beil. z. Prot. der außerord. R. D., Bd. II. Bl. 171. S. 282, 283, Bd. I. S. 112, 354; vgl. v. Linde a. a. O. S. 46 — 49.

2) Klüber, völkerrechtl. Beweise für die fortwährende Gültigkeit des westph. Fr.; v. Linde, Gleichberechtigung der augsburgischen Confession mit der katholischen Religion in Deutschland (Mainz 1853). S. 50 ff., 210 ff., 33 ff., 73 ff.

3) Art. 4, 8.

4) Art. 16: „Die Verschiedenheit der christlichen Religionsparteien kann in den Ländern und Gebieten des deutschen Bundes keinen Unterschied in dem Genuß der bürgerlichen und politischen Rechte begründen."

so feft begründet worden, daß von nun an, wenigftens in den Rhein-
bundsftaaten rechtlich von einem jus reformandi keine Rede mehr fein
kann. Die beiden völkerrechtlichen Beftimmungen haben an der katholifchen Kirchenverfaffung, insbefondere an der bisher rechtlich be-
ftandenen jurisdictio ecclesiastica nichts geändert.

Der Protector des Rheinbundes fprach es nicht blos aus, daß
Letzterer die Pflicht habe, die f r e i e R e l i g i o n s ü b u n g zu fchützen [1]);
fondern er nahm die Katholiken gerade in Baden auch fehr nachdrück-
lich in Schutz [2]). Der Rheinbund beabfichtigte nach der Erklärung
der Rheinbundesfürften vom 1. Auguft 1806 (verglichen mit der des
deutfchen Kaifers vom 6. Auguft 1806) überhaupt nur, den damalien
deutfchen Staatsverband aufzulöfen, keineswegs aber hierdurch die
jura quaesita der Unterthanen oder gar die beftehenden Rechte der
katholifchen Kirche zu alteriren.

Der Rheinbund hielt überdies ausdrücklich bezüglich der Kirche
an dem bisherigen Rechte feft, und hat deffen Protector durch förmliche Erklärung die fortwährende Rechtsbeftändigkeit des weftphälifchen
Friedens anerkannt [3]). Frankreich, der Garant diefes völkerrechtlichen
Aktes, hat alfo erklärt, daß er, auch wenn die Länderverhältniffe
verändert find, doch für die Kirche zu Recht beftehe, deren Rechtsverhältniß hierdurch nicht alterirt wurde. Ohne diefe Macht konnten
und können die Beftimmungen des W. F. nicht aufgehoben werden.
Der Rheinbund hat demnach die beftehenden Rechte der Kirche, insbefondere die kirchliche Jurisdiction nicht geändert, wohl aber durch
die hierdurch fanktionirte Parität erweitert [4]).

Man hört oft die Behauptung, der Art. 2. der Rheinbundesakte
habe das rechtliche Verhältniß der katholifchen Kirche aufgehoben.

Diefe Beftimmung lautet:

„Jedes Gefetz des deutfchen Reiches, welches bisher Ihre Maje-
ftäten und Ihre durchlauchtigften Hoheiten, die Könige und

---

1) v. Linde, a. a. O. S. 53.
2) Die Note des franzöf. Minifters „über die kathol. Mißverhältniffe in Baden"
ift abgedruckt bei: v. Linde a. a. O. S. 121, Anm. 1.
3) v. Linde a. a. O. S. 113.
4) Zachariä, Staatsr. §. 87.

Fürsten und die Grafen, welche in dem vorhergehenden Artikel genannt sind, Ihre Unterthanen und Ihre Staaten oder einen Theil derselben betreffen und verpflichten konnte, soll in Zukunft in Beziehung auf Ihre besagten Majestäten und Hoheiten, Ihre Staaten und Unterthanen nichtig und unwirksam sein."

Wir haben eben gesehen, daß es der Zweck des Rheinbundes nicht war, religiöse Rechte zu restringiren, sondern den Rechtsbestand des deutschen Reiches aufzulösen. Es bezieht sich demnach diese Bestimmung nicht auf kirchliche, sondern politische Angelegenheiten, es soll dadurch weder das deutsche Privat-, noch das Kirchen-Recht, sondern nur das deutsche Staatsrecht alterirt werden.

Es ist eine hier nicht zu erörternde Frage, ob auch nur das Letztere rechtsgültig geschah, da nicht alle deutschen Fürsten bei diesem politischen Akte participirten, dieser selbst den früheren und späteren völkerrechtlichen Verträgen derogirte, und eigentlich nicht förmlich zur Ausführung kam. Ueberdies ist es ein unbestrittener Rechtsgrundsatz, daß mit dem Aufhören der Gesetzes-Autorität das Gesetz nicht fällt, daß aber jedenfalls mit dem Aufheben eines Gesetzes nie jura quaesita als wirkungslos erklärt werden dürfen. Außerdem handelten insbesondere auf dem westphälischen Frieden die Landesherren als Vertreter ihrer Religionspartheien, welche noch bestehen, und ohne deren Zustimmung (resp. in Bezug auf die Katholiken ohne Genehmigung der Kirchenautorität) konnten deren jura quaesita rechtlich nicht alterirt werden.

Man würde auf der andern Seite geradezu ad absurdum kommen, wenn man mit der Rheinbundes-Akte Fürsten und Unterthanen als rechtlos erklären, die Privatrechte und die Befugnisse der Corporationen aufheben, und consequent damit die damaligen Landesherren als bloße „parvenus" erklären wollte!

Eine solche Interpretation widerspricht vor Allem der Bestimmung des Preßburger Friedens [1]), wonach die deutschen Fürsten ihre Souveränität nur so, und nicht anders ausüben sollen, wie sie vorher der Kaiser besessen hat, d. h. unter Heilighaltung und Beschützung der Rechte ihrer Unterthanen,

---

1) Art. 8.

insbesondere der bisher bestandenen kirchlichen Rechte, also auch der jurisdictio ecclesiastica. Auf dem Wiener Congreß wurde es überdies ausdrücklich ausgesprochen, daß die politischen Ereignisse nie die Folge haben sollten und konnten, die Souveränität in Deutschland zu einer Despotie umzustempeln, wodurch es wie bei anarchischen Zuständen den Launen der Macht anheimgegeben wäre, die Rechte der Nation zu verletzen [1]. So ist es rechtlich außer Zweifel, daß die Länderveränderung, die Auflösung des deutschen Reiches und die Begründung der Souveränität der deutschen Fürsten den Rechtsbestand der katholischen Religionsrechte, wie sie der W. F. und der R. D. H. garantirten, unverändert belassen, und daß die Souveräne insbesondere ihre Unterthanen mit der unerläßlichen Verpflichtung übernommen haben, ihnen freie Religionsübung, also auch den Katholiken die kirchliche Gerichtsbarkeit zu gewähren.

Bei diesen durch einen achtzehnhundertjährigen rechtsgültigen Bestand garantirten Rechtsverhältnissen der katholischen Kirche, welche dem stärksten Sturme der damaligen Zeit, der keine irdischen Rechte unberührt ließ, widerstanden, und wenn auch in ihren Gütern geschädigt, doch in Bezug auf ihre Verfassung und insbesondere auf die geistliche Jurisdiction mit ihrem uralten Rechte unversehrt dastand, bedurfte es keiner neuen Garantie derselben. Sobald kein Beweis erbracht ist, und es wird nie ein solcher geführt werden können, daß irgend ein rechtsgültiger Akt dieses Rechtsverhältniß geändert hat, so muß solches auch jetzt noch als zu Recht bestehend anerkannt werden. Es war deßhalb unnöthig, daß die Bundesakte eine ausdrückliche Garantie der katholischen Kirchenrechte aussprach, wie auf der andern Seite die Rechte der auf Grund des bestehenden Völker- und Staatsrechtes existirenden Staaten derselben nicht bedurften.

Indessen hat die christliche Kirche nach dem Sturze Napoleons und der Auflösung des Rheinbundes ihre Rechte durch die feierliche Erklärung der heiligen Allianz garantirt erhalten. Sie, wie die deutsche Bundesakte, wurde „im Namen der heiligen und un-

---

1) v. Linde a. a. O. S. 116 — 126.

theilbaren Dreieinigkeit," also im Namen des Stifters der Kirche und deren Verfassung, geschlossen.

Die Fürsten haben mit jener Akte „vor der ganzen Welt" erklärt, daß sie „in der Verwaltung ihrer Staaten allein die Vorschriften der heiligen Religion „Jesu Christi" zur Regel nehmen, welche direct auf ihre Entschließungen einwirken, und alle ihre Schritte leiten müssen.".... Solchergestalt bekennend, daß sie, die christliche Nation, von welcher sie und ihre Völker Theile ausmachen, in That und Wahrheit keinen andern Souverain hat, als .... Jesus Christus."

„Die Fürsten empfehlen ihren Völkern sich mit jedem Tage mehr zu befestigen in den Grundsätzen, und in der Ausübung der Pflichten, welche der göttliche Heiland die Menschen gelehrt hat." Der Katholik verehrt — wie im §. 1. oben gezeigt wurde, die jurisdictio ecclesiastica als institutio divina. Die freie Ausübung dieser seiner religiösen Pflicht ist ihm demnach durch die eben erwähnte feierliche öffentliche Erklärung seiner Fürsten gewährleistet. Ihr Schutz beruht — auf einem Fürstenworte!

Ebenso hat die Declaration der im Congreß zu Aachen versammelten Mächte am 15. November 1818 die strengste Befolgung der Grundsätze des Völkerrechtes, die Heilighaltung der Verträge und die Wiedererweckung jener religiösen und sittlichen Gefühle zu erwirken versprochen, deren Herrschaft unter dem Unglück der Zeiten nur zu sehr erschüttert worden sei.

Nach diesen Principien, welche es also deutlich aussprachen, daß die seither bestandenen d. h. „überlieferten, bestimmten, völkerrechtlich und staatsrechtlich garantirten kirchlichen Rechte"[1] zu schützen seien, muß der Zweck und die Absicht der deutschen Bundesakte (welche ein früheres Datum als diese feierlichen Erklärungen hat) interpretirt werden. Ist der Gedanken der Gesetzgeber so außer allem Zweifel, so muß es das Gesetz selbst auch sein.

---

1) Bericht der Subcommission der zweiten Commission in Bezug auf die Grundrechte bei den Dresdener Conferenzen S. 6; vgl. überhaupt die oft citirte Schrift v. Linde §. 2. u. 3.

Der Art. 7. der B. A. und der Art. 13. der Wiener Schlußakte bestimmen überdies, daß der deutsche Bund über „Religionsangelegenheiten weder in der engeren Versammlung noch in pleno einen Beschluß durch Stimmenmehrheit fassen" wolle. Hiernach erkennt sich der deutsche Bund zum Schutze der christlichen Religion für competent. In Uebereinstimmung hiemit erklärten die Dresdener Conferenzen, daß „wir uns in Deutschland innerhalb bestimmter überlieferter völkerrechtlich wie staatsrechtlich garantirter Rechte bewegen," daß ferner „der deutsche Bund die möglichste Freiheit innerhalb des Rechtsbodens der anerkannten christlichen Kirchen zu gewähren habe."

Endlich erklärte sich die deutsche Bundesversammlung für verpflichtet, dafür Sorge zu tragen, daß in keinem Bundesstaate Institutionen und Zustände bestehen, welche mit den Grundsätzen des Bundes nicht im Einklange stehen [1]). Es haben also alle deutschen Regierungen die Verpflichtung, die Rechte der katholischen Kirche, insbesondere die geistliche Jurisdiction, und zwar in ihrem überlieferten, völker- und staatsrechtlich garantirten Rechtsbestande und Umfange zu achten und zu schützen.

Der Art. 11 der Wiener S. A. lautet:

„In der Regel faßt die Bundesversammlung die zur Besorgung der gemeinsamen Angelegenheiten des Bundes erforderlichen Beschlüsse im engeren Rathe nach absoluter Stimmenmehrheit. Diese Form der Beschlußfassung findet in allen Fällen statt, wo bereits feststehende allgemeine Grundsätze in Anwendung oder beschlossene Gesetze und Einrichtungen zur Ausführung zu bringen sind, überhaupt bei allen Berathungsgegenständen, welche die Bundesakte oder spätere Beschlüsse nicht davon ausgenommen haben."

Während der Artikel 53 der Wiener Schlußakte bestimmt:

„Der Bundesversammlung liegt ob, die Erfüllung der durch die Bestimmung (Art. 16. B. A.) übernommenen Verbindlichkeiten (der einzelnen Mitglieder), wenn sich aus hinreichend begrün-

---

1) Prot. der B. V. de 1851, 19. Sitz. §. 116, cf. v. Linde a. a. O. S. 19.

deten Anzeigen der Betheiligten ergibt, daß solche nicht stattgefunden habe, zu bewirken."

Da die Religionsrechte der deutschen Nation, die Religion Jesu Christi und damit das göttliche, unabänderlich feststehende Recht, das jus quaesitum der geistlichen Jurisdiction, unzweifelhaft unter den Schutz des deutschen Bundes gestellt sind, da ferner keine politische Macht diesen Glaubenssatz der Katholiken abändern, sondern rechtlich nur schützen kann (Art. 7. B. A.), es sich also nicht um eine neue Anordnung oder Abänderung, sondern um die Ausführung eines „beschlossenen Gesetzes" handelt, so kann ein Majoritätsbeschluß des deutschen Bundes der Achtung der jurisdictio ecclesiastica Geltung verschaffen [1])."

§. 4.

3. Heutiger Rechtszustand mit besonderer Rücksicht auf Baden.

Wenn hiernach nun feststeht, daß in Deutschland die geistliche Gerichtsbarkeit der katholischen Kirchengewalt unzweifelhaft zusteht, so ist nur noch die Frage zu beantworten, welche rechtlichen Veränderungen das positive Recht durch die einzelnen Regierungsverordnungen erleidet.

Das jus ecclesiae auf die ausschließliche jurisdictio ecclesiastica im Sinne des canonischen Rechtes stimmte mit den factischen Verhältnissen noch in der Zeit überein, als akatholische Landesherren zu Anfang dieses Jahrhunderts in den Besitz katholischer Landestheile kamen. Letztere wurden also (nach dem bereits Gesagten) mit ihrem uralten, also durch Verjährung begründeten Rechte der geistlichen Gerichtsbarkeit übernommen. Sollte noch ein Zweifel darüber obwalten, daß im

---

1) Die ausführliche, begründete Nachweisung, daß der deutsche Bund berechtigt und verpflichtet ist, die ersten Rechte der Deutschen, ihre Religionsrechte, wie sie rechtlich bestehen, zu schützen, daß aber durch einen Majoritätsbeschluß die Bundesversammlung sich in dem v. Kettenburg'schen Falle für incompetent erklärte; s. bei v. Linde a. a. O. §. 9—13.

Jahre 1803 der Oberhirte der Richter insbesondere wegen Vergehen der katholischen Geistlichen seiner Diöcese war, so dürftees genügen, auf die diesfalsigen Verordnungen des Bisthums Constanz zu verweisen. Es bedarf indessen dieses Zeugnisses nicht, indem das III. Markgräfl. Badische Org. Ed. vom 11. Februar 1803 in seinem Eingange die Reichsgesetze als gültig erklärt, namentlich den westphälischen Frieden im Art. XVIII. XX. und den ReichsDeputat.-Hptschl. im Art. I. XVIII. XX. eod. Namentlich besagt der Art. XVII. eodem:

„Was sodann die geistliche Obrigkeit und Gerichtsbarkeit der „Katholischen betrifft, so besaget deßfalls der oft erwähnte „Reichsdeputationsabschied:

„„Die erz= und bischöflichen Diöcesen verbleiben in „„ihrem bisherigen Zustande, bis eine andere Diöcesan= „„Einrichtung auf reichsgesetzmäßige Art getroffen sein „„wird.““

„Diesem zur gebührenden Folge sollen, bis hiernach über Ein- „richtung einer eigenen Diöcesanverfassung in unsern Landen „eine solche Vorkommniß getroffen ist, die verschiedenen in unserm „Lande eingreifenden geistlichen Gerichte bei demjenigen, was sie „wirklich als geistliche Oberbehörden vorher geübt haben, und „zu üben das unbestrittene Recht hatten, auch ferner „ungestört gelassen und von Unsern verordneten Räthen und „Dienern geschützt werden, so wie wir rücksichtlich auf das bis= „herige gute Vernehmen Uns von ihnen auch ferner mit Recht „versehen, daß sie dabei bleiben, und über das ruhige Her= „kommen nicht hinausgreifen werden.“

Daß aber in den zu Baden gehörigen früheren Diöcesen die Strafgerichtsbarkeit über Geistliche ausschließlich den Bischöfen zustand, zeigen die schon berührten Constitutiones Synodi Constantiensis de anno 1759. Der §. 83. der badischen Kirchenrechts=Instruction vom Jahre 1804 verweist sogar die gemeinen Verbrechen der Geistlichen vor das geistliche Forum. Erst wenn Geistliche wegen der von ihnen begangenen gemeinen Verbrechen vom bischöflichen Gerichte abgeurtheilt, resp. degradirt und vor die weltlichen Gerichte gewiesen wurden, durften diese einschreiten und konnte der weltliche Criminalprozeß beginnen [1]).

Die ausschließliche Jurisdiction des Bischofs über den ihm unterstellten Klerus und folgeweise den privilegirten Gerichtsstand der katholischen Geistlichen garantirt noch der §. 52. der bad. Kirchen- und Commissions-Ordnung.

Aus dieser geschichtlichen Darstellung ergeben sich nachstehende Folgerungen:

1. Die geistliche Gerichtsbarkeit ist gemäß des Ausspruchs des heiligen Kirchenrathes von Trient eine Institutio juris divini, ist sonach so wesentlich zur katholischen Kirchenverfassung gehörig, daß ihre ausschließliche Angehörigkeit an den Episcopat selbst durch die lehrende Kirche nicht aufgehoben werden kann.

2. Was dazu gehört, ist durch das gemeine canonische Recht und durch dessen neueste Grundlage, das Concil von Trient, bestimmt.

3. Unbestritten gehört dazu die kirchliche Gerichtsbarkeit gegen Geistliche.

4. Die Reichsgesetze haben übereinstimmend bis zum Untergang des deutschen Reiches die Verfassung der katholischen Kirche gewährleistet.

5. Der Untergang des deutschen Reiches hat keineswegs die Verfassung der katholischen Kirche und eben so wenig die obige Gewähren derselben enthaltenden Reichsgesetze aufgehoben; erstere nicht, weil die Kirchenverfassung nicht durch das deutsche Reich bestimmt worden war, diese nicht, weil die Aufhebung des Reiches nur jene Gesetze auflöste, welche sich auf die Verfassung, Regierung und Verwaltung des deutschen Reiches bezogen. —

6. Alle abänderbaren Einrichtungen der katholischen Kirche dürfen nur durch Vereinbarung zwischen dem heiligen Stuhle und den Staatsregierungen geändert werden. Alle Aenderungen der Kirchendisciplin, welche durch Vereinbarung zwischen den Bischöfen und den Staats-Regierungen vorgenommen werden, werden nur giltig, wenn die Bi-

---

1) B. Rgg. Bl. 1804, Nro. 25, S. 193. Beil. zum bad. R. B. 1812, Nro. 20, Ziff. 5.

schöfe vom heiligen Stuhle eine Dispensation dafür einholen. — Wird diese nicht eingeholt, oder vom heiligen Stuhle verworfen, so sind die vereinbarten Abänderungen nichtig. Nichtig sind daher selbstverständlich alle einseitig durch die Staatsgesetzgebungen bewirkten Aenderungen der Kirchendisciplin.

Nach diesen Grundsätzen sind alle von den weltlichen Regierungen bewirkten Verkümmerungen der geistlichen Gerichtsbarkeit nichtig.

Sogar der §. 21. der „Frankfurter Grundzüge" stellt die Geistlichen wegen der von ihnen begangenen Vergehen unter das bischöfliche Gericht.

„Episcopi erit . . . . Clericos reprehensione dignos animadvertere." Diese Bestimmung wurde bekanntlich durch lit. i. der Note des Staatssecretariates Seiner Heiligkeit vom 10. August 1819 wegen der darin enthaltenen Verletzung kirchlicher Rechte verworfen.

Bei der Aufstellung dieser Grundzüge (welche im Jahre 1819 bekanntlich als Grundlage zu einer Vereinbarung mit dem heiligen Stuhle dienen sollte und die Rechte der katholischen Kirche auf das Aeußerste zu beschränken suchte) war, wie bekannt, insbesondere das Großherzogthum Baden betheiligt.

Es wird überhaupt kaum in irgend einem civilisirten Staate, in welchem man auch nur in irgend etwas die Religionsrechte der Katholiken achtet, ein Gesetz existiren, welches die katholischen Geistlichen besonders wegen der im Kirchendienste begangenen Vergehen vor den weltlichen Richter stellt.

Während die Art. 12.—19. der Preußischen Verfassungs-Urkunde vom 30. Januar 1850 der katholischen Kirche ihre in den Kirchengesetzen begründete Freiheit und Selbstständigkeit wieder zurückgeben, verfügte schon das Preußische Landrecht

II. Theil, Titel 11.

§. 124. „Die Rechte der Kirchenzucht gehören nur dem Bischofe."

§. 126. „Geistliche katholischer Confession, die sich in ihrer Amtsführung grober Vergehungen schuldig gemacht haben, müssen nach dem Erkenntnisse des geistlichen Gerichtes gestraft werden."

Abgesehen von dem Rechte der katholischen Kirche nach ihrem

Dogma und ihrer Verfassung, ohne Einmischung der weltlichen Gerichte über die Vergehen der katholischen Geistlichen zu richten, so liegt dies auch in der Natur der Sache. Es kann dem Laien kein Urtheil über rein kirchliche Dinge und die Verwaltung des heiligen Dienstes, wie z. B. des Predigt= und des Bußamtes zugetraut werden. Wohin würde es — um nur ein Beispiel anzuführen — führen, wenn weltliche Gerichte über die im Beichtstuhl begangene Sollicitation aburtheilen würden, da hier ein im Kirchendienste begangenes gemeines Verbrechen vorliegen kann. Es hieße dies in die Geheimnisse des Gewissens eingreifen, und das heilige Sacrament der Buße profaniren. Dasselbe Verhältniß findet insbesondere bei den im Predigtamte begangenen gemeinen Verbrechen statt.

Man nimmt keinen Anstand, sich für die Lehrfreiheit auf dem Catheder auszusprechen, und will der vom Staate öffentlich anerkannten katholischen Kirchenobrigkeit das Recht absprechen, den Mißbrauch der Lehrfreiheit auf der Kanzel zu bestrafen, ohne daß man hiebei in's Auge faßt, daß alsdann die von Christus ausschließlich der Kirche anvertraute Lehrgewalt unter die Entscheidung der weltlichen Macht gestellt und damit in ihrem Principe vernichtet würde.

Soweit sind aber selbst die die katholische Kirche am meisten beschränkenden Verordnungen nicht gegangen, indem sie alle s. g. rein religiösen Angelegenheiten, wozu doch gewiß die Verwaltung des Predigtamtes gehört, der kirchlichen Competenz zutheilten.

So verfügt der §. 11. des I. bad. Const. Edictes vom 14. Mai 1807:

„Jede im Staate aufgenommene Kirche kann verlangen, daß . . . ihre Kirchengewalt, eingerichtet auf die Grundsätze ihrer Religion, bestehe und anerkannt werde. Die katholische insbesondere, ... daß ihrer Centralstelle all jener Einfluß unter ihren Glaubensgenossen gestattet werde, welcher zur Erhaltung der Einheit der Vorschriften für Glauben und Leben der Kirchenglieder unentbehrlich ist.

§. 12. Rechtmäßige Gegenstände der Kirchengewalt sind: . . . . . Gewissensleitung aller Mitglieder, Zulassung oder Verwerfung derjenigen, die sich als befähigt zum Kirchendienste darstellen, Ermäch=

tigung zur Amtsführung .... ingleichen Zurücknahme dieser Ermächtigung, Polizei über ihre Diener ....

§. 14. Jede richterliche Gewalt, die in Sachen des Gewissens, oder der Erfüllung der Religions= und Kirchenpflichten einer Kirche nach ihren symbolischen Büchern und der darauf gegründeten Verfassung nöthig ist, bleibt ihr ungeschmälert. Hinge= gen kann keine Strafgerichtsbarkeit über weltliche Vergehen der Kirchendiener und geistlichen Personen von der Kirchengewalt ferner= hin[1] ausgeübt werden. Die Staatsbehörde kann keinen Kirchen= diener zur persönlichen Erscheinung vorladen .... ohne eine Benach= richtigung und Miteinladung zur Beiwirkung an die unmittelbare geistliche Aufsichtsbehörde erlassen zu haben, damit diese dafür wache, daß nichts .... dem Interesse der Kirche Nachtheiliges dabei unter= laufe[2]."

Wenn der §. 15. dieses Gesetzes den Mißbrauch der Kirchenge= walt als ein weltliches Vergehen aufzählt, so darf hiebei nicht über= sehen werden, daß dies nach dem Wortlaute und dem Geiste dieser Bestimmung nur dann geschehen soll, wenn er zu weltlichen, nicht aber zu kirchlichen Zwecken dienen soll, wenn also der Kirchendiener absichtlich seine kirchliche Amtsverrichtung in eine rein weltliche um= gestaltet[3].

---

1) Es geschah also bis dahin!

2) Wie die Kirchengewalt, und wie weit sie ihr Recht ausüben kann, ist unbe= stimmt.

Da restrictiones juris strictissimae interpretationis sind, so ist die Forderung der Kirche berechtigt, in allen kirchlichen Angelegenheiten auch hiernach ihre Gerichtsbarkeit geltend zu machen.

3) Hiernach ist auch die badische Verordnung vom 15. Juni 1807 lit. e. zu interpretiren, welche besagt:

„alle Vergehen der Geistlichen gegen die Staatsgesetze sind von der welt= lichen Strafbehörde zu richten."

Gerade das cit. Const. Ed. wahrt ja durch die Bestimmung, daß das katholische Dogma und die auf den katholischen symbolischen Büchern beruhende Verfas= sung — also die in den Canones begründete jurisdictio ecclesiastica zu achten und zu schützen sei, die Letztere. Die eben erwähnte Bestimmung kann also, wenn sie (was doch nicht angenommen werden kann) mit den übrigen

Es garantirt demnach dieses, obgleich einseitig vom Staate über kirchliche Gegenstände erlassene Gesetz, die kirchliche Gerichtsbarkeit, insbesondere über die Amtsvergehen der Geistlichen. Es garantirt das Dogma und die auf den Kirchengesetzen, insbesondere den symbolischen Büchern (wozu bekanntlich die Bestimmungen des heiligen Concils von Trient gehören) gegründete Verfassung der katholischen Kirche. Es ist demnach selbstredend, daß die den Kirchengesetzen widersprechenden Bestimmungen nach dem Geiste und dem Gesammtinhalte des berührten Gesetzes, als mit den heiligen Canones übereinstimmend, interpretirt werden müssen.

Diese rechtliche Behauptung wird zur Gewißheit, da ein völkerrechtlicher Vertrag existirt, durch welchen der badische Staat die Kirchengesetze als in allen die katholisch-kirchlichen Verhältnisse berührenden Angelegenheiten für maßgebend erklärt hat. Dieser Vertrag ist die päpstliche Bulle: „ad dominici gregis custodiam" vom 11. April 1827, welche im Art. 6. derselben bestimmt:

„Episcopi in propria quisque Dioecesi, pleno jure Episcopalem „jurisdictionem exercebunt, quae *juxta canones nunc vigentes* „et praesentem *Ecclesiae* disciplinam eisdem competit."

Diese päpstliche Bulle, im Entwurf schon früher den Regierungen mitgetheilt, promulgirt im Großherzoglichen Regierungsblatte vom 16. Oktober 1827, wurde, wie von Seiten der Großherzoglichen Staatsregierung nicht beabredet werden wird, (da die betreffenden Urkunden im Archiv des heiligen Stuhles aufbewahrt sind, und nöthigenfalls produzirt werden können) o h n e A b ä n d e r u n g von Seiten des Großherzoglich Badischen Staates angenommen und hat der damalige, der katholischen Kirche wohlgeneigte Durchlauchtigste Großherzog Ludwig, so wie der damalige Großherzogliche Staatsminister v. Berstett in allerhöchsten Auftrage feierlich und urkundlich dem heiligen Stuhle den vollständigen Vollzug der päpstlichen Bullen durch die Noten vom 16. August 1821 und 11. April 1827

---

dieser Verordnung nicht in Widerspruch treten soll, nur so verstanden werden, daß wenn der Ordinarius den Inquisiten wegen seiner w e l t l i c h e n Vergehen nach den Bestimmungen des can. Rechts vor das weltliche Gericht verweist, solches dann einschreiten soll.

garantirt. Ja, es hat dieser Monarch urkundlich nicht blos zugesagt, diese beiden Bullen vollständig und **unangetastet** in seinem Groß- herzogthum anzuerkennen und durchzuführen, sondern seinen Einfluß in dieser Richtung auch den übrigen Fürsten der oberrheinischen Kir- chenprovinz gegenüber geltend zu machen.

Dieses geschah vor der Promulgation der erwähnten Bullen, was, wenn es wider Verhoffen bestritten werden sollte, bewiesen werden kann. Sie konnten also rechtlich nur vollständig und ohne Abänderung in Vollzug gesetzt werden.

Durch diesen völkerrechtlichen Akt haben die Bestimmungen der genannten Bullen in Baden staatsrechtliche Wirksamkeit erlangt, sie müssen heilig gehalten, und können nach bekannten staats- und völker- rechtlichen Grundsätzen nicht einseitig von einem der Paciscenten auf- gelöst werden [1]).

Es ist bekanntlich unbestrittener Grundsatz des Völkerrechtes, daß der „Staat durch seinen Regenten" oder „dessen Stellvertreter" spricht; daß die durch ihn geschlossenen Verträge für den Staat verbindlich sind [2]); daß endlich die Annahme völkerrechtlicher Verträge in Form einer bloßen Erklärung des Staatsoberhauptes geschehen kann [3]).

Hiernach muß demnach auch das Einführungsedict derselben vom 16. October 1827 (Rgg. Bl. Nro. 23.) interpretirt werden [4]). Da

---

1) C. van Bynkershöck quaest. jur. publ. lib. II. c. 10.

G. S. Treuer de auctoritate et fide gentium.

Henr. Fagel dissert. de foederum sanctitate cap. 2. p. 14. ff. p. 23. cap. 4 p. 59. ff.

Grollmann über die Rechtsgiltigkeit der Verträge, in seinem Magazin für die Philosophie des Rechtes und der Gesetzgebung. Bd. 1. Heft 1.

2) Grotius de jure belli et pacis II, 14. 11. Klüber, ö. R. d. d B. §. 252.

3) Martens recueil III. 103. IV. 565. Moser Versuch X. 2. 377.

4) Die im Einführungsedict stehende Clausel der „landesherrl. Hoheitsrechte, der Landesgesetze und Regierungsverordnungen" kann nach den Grundsätzen des Völker- und Staatsrechtes nur dahin verstanden werden, daß die Staats- gewalt diese Vereinbarung vollziehen wolle, soweit sie nach dem positiven Rechte nur Rechte der Kirche enthalte, und die wahren Staatsbefugnisse und rechtmäßigen Verordnungen nicht verletze. So hat es auch der hl. Stuhl ohne Widerspruch der Regierung aufgefaßt.

dieser völkerrechtliche Vertrag bis jetzt noch nicht rechtskräftig alterirt oder aufgehoben wurde, so versteht es sich von selbst, daß gemäß der citirten Bestimmung noch heute die katholische Kirchenbehörde mit vollem Rechte die kirchliche Gerichtsbarkeit nach der Bestimmung des canonischen Rechtes im Großherzogthum Baden ausübt, und demnach nur vor ihr Forum insbesondere die Amtsvergehen der katholischen Geistlichen gehören.

Das baierische Religions-Edict, das zu der Zeit gegeben wurde, wo man der katholischen Kirche keine Treue schuldig zu sein glaubte, und die Religion überhaupt tief darnieder lag, sprach dennoch den katholischen Kirchenobern die Jurisdiction wegen aller kirchlicher Vergehen der Geistlichen zu. So zählt dieses Gesetz in seinem §. 38. c. zur „innern Kirchenangelegenheit," welche zur ausschließlichen Competenz der katholischen Kirchenobern gehören soll, „die geistliche Amtsführung" und §. 38. h. „die Ausübung der kirchlichen Gerichtsbarkeit in rein geistlichen Sachen nach dem Dogma, den symbolischen Büchern und der darauf gegründeten Verfassung der katholischen Kirche."

Es wird wohl kaum der Erwähnung bedürfen, daß die canonischen Gesetze, welche großentheils lediglich Concilien-Beschlüsse enthalten, „ein Ausfluß des Dogma's und der symbolischen Bücher" der katholischen Kirche sind.

Der §. 67. des erwähnten baierischen Gesetzes bestimmt:

„Die Geistlichen genießen nach Tit. V. §. 5. der Verfassungs-„Urkunde in bürgerlichen und strafgerichtlichen Fällen den be-„freiten Gerichtsstand."

Das baierische Concordat vom 5. Juni 1817 Art. XII. c. d. XVII. spricht den Bischöfen die Gerichtsbarkeit wegen der Amts- und Standes- (kirchlichen) Vergehen der Geistlichen zu.

Die baierische Staatsministerial-Verordnung vom 8. April 1852, deren Tendenz ganz ersichtlich dahin geht, der katholischen Kirche ihr schwer verletztes uraltes Recht wieder zurückzuerstatten, bestimmt im Art. 1. derselben, daß bei zweifelhaften Stellen des Religions-Edictes die Interpretation anzunehmen sei, welche mit dem Concordat übereinstimme.

So unterliegt es keinem Zweifel, daß nach den baierischen Ver-

3

ordnungen den dortigen Bischöfen die Gerichtsbarkeit wegen der Amtsvergehen des ihnen unterstellten Klerus zusteht.

Von dem österreichischen Kaiserstaate, dessen gottesfürchtiger Monarch alle seine Kräfte darauf verwendet, den aus dem Illuminatismus
entsprungenen Gesetzen ein Ende zu machen, und die katholische Kirche
in ihre kirchlichen Rechte wieder einzusetzen, versteht es sich ohnedies
von selbst, daß hier unstreitig den Bischöfen die ausschließliche Gerichtsbarkeit über die Vergehen der Geistlichen zusteht.

So verfügt schon die Kaiserl. Königl. Verordnung vom 18. April
1850, daß die Kirche fortan wieder die ihr zustehende geistliche
Gerichtsbarkeit über ihre Mitglieder frei und ungehindert ausüben
soll; „daß die Diener der Kirche für ihre Amtshandlungen
allein dem Erkenntnisse und Urtheile der Bischöfe unterworfen und ohne vorherige Einsicht und Mitwirkung der
weltlichen Behörde im Amte stille gestellt, desselben entsetzt und der
damit verbundenen Einkünfte verlustig erklärt werden können.“ Bei
vorkommendem zum Nachtheile der weltlichen Gewalt geschehenem
Amtsmißbrauch werden sich die kaiserlichen Behörden mit den kirchlichen Vorgesetzten in's Benehmen setzen [1]).

Anlangend die gegen die Bestimmungen der schon erwähnten päpstlichen Bullen ohne Mitwirkung der Kirche erlassenen neueren Verordnungen
vom 30. Januar 1830 und 5. März 1853, so kömmt hiebei zu bemerken.

Gegen erstere hat bekanntlich Papst Pius VIII. durch sein Breve
vom 30. Juni 1830: „Pervenerat non ita pridem“ seine feierliche
öffentliche Verwahrung eingelegt [2]), indem er erklärte, „daß die Fürsten
der oberrheinischen Kirchenprovinz mit ihrem feierlich öffentlich
verpfändeten Worte versprochen hätten, daß sie der katholischen
Kirche in ihren Landestheilen ihre vollständige Freiheit verstatten
wollten, insbesondere was das unbeschränkte bischöfliche

---

1) Actenstücke der Bischöfl. Versammlung zu Wien 1850 S. 55.
    Dr. Brühl, Handbuch über die Verhältnisse der kathol. Kirche für 1850 S. 9.
    Das österreichische Concordat wird auch diesen Theil des Rechtsverhältnisses
    der kathol. Kirche zur Geltung bringen.
2) Abgedruckt in Walter's Kirchenrecht S. 774—776.

Jurisdictionsrecht nach der Vorschrift des canonischen Rechtes und den jetzt geltenden Gesetzen der kirchlichen Disciplin betrifft."

Ebenso hat der Episcopat der oberrheinischen Kirchenprovinz gegen alle die Kirchengesetze verletzenden Bestimmungen der Märzverordnungen de 1853 seine öffentliche Verwahrung ausgesprochen [1]).

Obgleich es sich, wie oben ausgeführt, von selbst versteht, daß die den Kirchengesetzen und insbesondere den erwähnten päpstlichen Bullen widersprechenden, von der Staatsregierung einseitig erlassenen staatskirchlichen Verordnungen, wenn man die Wirksamkeit der völkerrechtlichen Verträge und damit die öffentliche Treue und Sicherheit nicht umstoßen will, keine rechtsgültige Wirksamkeit äußern können, so sprechen doch auch diese Verordnungen das bischöfliche Jurisdictionsrecht, insbesondere betreffs der Amtsvergehen der katholischen Geistlichen aus.

Während der §. 1. der s. g. Kirchenpragmatik vom 30. Januar 1830 den Katholiken „das freie Bekenntniß ihres Glaubens und die öffentliche Ausübung ihres Cultus [2])" zusichert, verspricht der §. 39. dieser Verordnung „die ungestörte Ausübung der dem Episcopate zustehenden Befugnisse" und es erklärt die Märzverordnung von 1853, der katholischen Kirche die Disciplinargewalt über ihre Diener zugestehen und die geistlichen Gerichte [3]) anerkennen zu wollen, denen die Aburtheilung der Vergehen der katholischen Geistlichen gegen die Disciplin und gegen solche Geistliche „nach Vorschrift der Kirchengesetze selbstständig zustehen solle, welche das ihnen

---

1) Dasselbe that schon anno 1803 der Fürstbischof von Speier gegen die das Kirchenvermögen beeinträchtigenden weltlichen Verordnungen.

2) Der Art. 6 der Verordnung vom 30. Januar 1830 besagt:
„ebenso wie die weltlichen Mitglieder der kath. Kirche stehen auch die Geistlichen als Staatsgenossen unter den Gesetzen und der Gerichtsbarkeit des Staates."
Soll diese Bestimmung indessen einen vernünftigen Sinn haben und dem Art. 1. derselben Verordnung nicht widersprechen, so können damit nur die weltlichen Handlungen, und die zur Staatscompetenz wirklich gehörigen Gegenstände, nicht aber kirchliche Sachen und Functionen gemeint sein.

3) Anlage D. dieser Verordnung.

übertragene Kirchenamt nicht der übernommenen Verpflichtung gemäß verwalten." Es ist deßhalb auch durch diese Verordnungen anerkannt, daß wenigstens bezüglich der Amts- und Disciplinarvergehen der Geistlichen die canonischen Gesetze maßgebend sind.

Der Geist der hier vorgeführten weltlichen, s. g. staatskirchlichen Verordnungen sanctionirt im Grundsatze stets die freie Religionsübung der katholischen Kirche, neigt sich aber in der Ausführung so sehr zum s. g. Territorial-Kirchenrecht hin, daß dadurch ein jus reformandi der Regierungen eingeführt wurde, wie es die Landesherren zu keiner Zeit besessen haben. Die weltliche Macht giebt hiernach der katholischen Kirche Gesetze, und es führt das System der Staatsomnipotenz auch dahin, daß die Organe der Kirche nach den einseitigen Bestimmungen der Staatsgewalt deren Jurisdiction unterstellt werden.

Dieses System, das die protestantische Confession insofern dulden kann, als sie die kirchliche Jurisdiction dem Landesherrn übertragen hat, macht die katholische Kirche zur Territorialkirche, reißt sie also von der Einheit los, und entkleidet sie ihres apostolischen Charakters — und zwar in einer gesetzlichen oder richterlichen Form. Dieses wollten aber die deutschen Staaten nicht thun; denn alle die erwähnten einzelnen Regierungsverordnungen sprechen der katholischen Kirche die freie Religionsübung, und daher auch im Princip die kirchliche Jurisdiction, welche ein Ausfluß derselben ist, zu. Die im Widerspruch damit stehenden Bestimmungen müssen also als die kirchliche Gerichtsbarkeit nicht berührende betrachtet werden.

Sie konnten diese aber auch rechtlich nicht alteriren.

Wie schon erwähnt, können die die jurisdictio ecclesiastica garantirenden völkerrechtlichen Akte nicht durch einseitiges Vorgehen eines Paciscenten ohne Zustimmung der übrigen aufgehoben werden. Die Landesherren haben die Katholiken hiernach mit ihren Religionsrechten, also auch mit dem Rechte der jurisdictio ecclesiastica übernommen, und können sich dieser Verpflichtung ohne Aufgeben der dadurch erworbenen Rechte nicht entschlagen. Ueberdies hat insbesondere Baden die Erectionsbullen acceptirt, also damit und nach deren ausdrücklichen Bestimmung die Episcopalrechte, insbesondere das fragliche ausdrücklich garantirt. Die f r ü h e r e n landesherrlichen hiemit nicht übereinstimmenden, von der katholischen Kirchengewalt überdies ausdrücklich verworfenen Verordnungen sind durch den erwähnten öffentlich rechtlichen Vertrag aufgehoben.

Abgesehen von dem Wesen der katholischen Kirche, das kein deutscher Staat antasten darf, hat also die badische Staatsgewalt kein Gesetzgebungsrecht insbesondere bezüglich der kirchlichen Jurisdiction auszuüben versprochen, und es garantirt, daß i h r Jurisdictionsrecht in seinen Schranken bleibe. Demnach sind, so lange diese völkerrechtlichen Verträge nicht rechtsgenügend aufgehoben sind, auch alle nach der Errichtung der oberrheinischen Kirchenprovinz erlassenen weltlichen Verordnungen, welche die geistliche Jurisdiction verletzen, nichtig.

Schon der Umstand, daß sie von der katholischen Kirche, d. h. von deren sichtbarem Oberhaupte nicht blos nicht anerkannt, sondern ausdrücklich verworfen wurden, macht es unmöglich, daß diese Verordnungen einen rechtlichen Anspruch machen können, als „Herkommen [1])" zu gelten.

Endlich ist die weltliche Macht nicht competent, der Kirche Gottes Gesetze zu geben, und insbesondere die jurisdicto ecclesiastica zu ändern, schon weil solches ja der heilige Vater selbst nicht kann. Die s. g. staatskirchlichen Verordnungen sind also nicht von der verfassungsmäßigen Behörde ausgegangen.

Es fehlt demnach den die Kirche beeinträchtigenden weltlichen Verordnungen an den Haupt=Merkmalen eines Gesetzes [2]).

So ist es unzweifelhaft, daß das positive Recht der Kirche auch in den deutschen Landestheilen in welchen es von den Regierungen noch nicht wieder anerkannt ist, in Bezug auf die kirchliche Jurisdiction dasselbe geblieben ist, wie es im Jahre 1803 war.

---

1) Das Recht der Kirche im badischen Kirchenstreit, Mainz 1853.
2) Puchta, Pand. §. 14, l. 7. C. de prec. imp. off., l. 7. C. si contra jus.

§. 5.

III. Widerlegung der Einwendungen gegen das Recht der katholischen Kirche auf Schutz ihrer Jurisdiction.

1) Was achtzehn Jahrhunderte als Recht der Kirche anerkannt haben, hat jedenfalls einen Anspruch auf Vernünftigkeit und Legitimität, und was so kräftige, mächtige Staaten als nicht zu ihrer Competenz gehörig constant betrachtet haben, das kann doch kein Majestätsrecht sein.

Muß man der katholischen Kirche freie Religionsübung zustehen, so liegt darin auch die Garantie ihrer Lebensbedingung, d. h. die ungehinderte Entfaltung ihrer Normen, die Ausübung der Rechte und Pflichten von Seiten des Episcopats, wie solche die Kirchengesetze vorschreiben [1]).

Hiernach kann kein deutscher Staat die Regierung der katholischen Kirche, weder die Gesetzgebung, noch die Gerichtsbarkeit derselben beanspruchen. Er muß vielmehr dieselbe ihrer Verfassung gemäß als eine selbstständige Corporation neben sich betrachten. Deßhalb kann die jurisdictio ecclesiastica nur ein kirchliches, kein Majestätsrecht sein.

2) Noch vager als die Behauptung eines Majestätsrechts über die katholische Kirche ist die bequeme und deßhalb sehr gangbare: die kirchliche Gerichtsbarkeit gehöre nicht zur katholischen Religion, und begründe blos eine erweiterte Machtbefugniß der Bischöfe.

Was zur katholischen Religion gehört, kann nicht a priori construirt werden, sondern richtet sich nach den positiven Bestimmungen der Kirche. Diese kennen aber nur eine katholische Kirche mit allen ihren Eigenthümlichkeiten in ihrer dogmatisch-disciplinären Vollendung. Wer dieses nicht mehr anerkennt, der hört auf Katholik zu sein. Der Staat aber hat die Verpflichtung, die katholische Religion, d. h. deren positive Bestimmungen, nicht eine selbstconstruirte Lehre, zu schützen. Es steht keiner Regierung die Entscheidung zu, was zur katholischen Religion gehöre, weil sie sich sonst über den heiligen Vater und das Concil stellen würde.

---

1) Das Rechtsverhältniß der kath. Bischöfe S. 26.

Es wird ferner entgegengehalten:

3) Die Geistlichen stünden wie alle Unterthanen unter der weltlichen Jurisdiktion.

Das Territorialsystem sieht die Kirchengewalt als einen Ausfluß der Landeshoheit, die kirchlichen Organe als landesherrliche Beamte an. Das heißt aber leugnen, daß die Bischöfe vom heiligen Geiste gesetzt sind, und daß Christus ein eigenes unabhängiges Gottesreich auf Erden gründete. Es kömmt also dieses System der Vernichtung der katholischen Religion gleich. Muß man aber dieses System, wie dies fast überall geschehen, aufgeben, und die katholische Kirche, wie sie einmal ist, anerkennen, so folgt daraus von selbst, daß die Geistlichen, in kirchlichen Angelegenheiten wenigstens, nicht unter der weltlichen Jurisdiction stehen, und daß obiger Satz ohne positive Rechtsgrundlage ist.

Um eine solche zu gewinnen, beruft man sich auf die Staats-Verfassung, bedenkt aber nicht, daß diese sich nicht auf die kirchlich-religiöse, sondern auf die Staatsordnung bezieht. Wenn es im §. 5 der bad. Verfassung heißt:

„der Großherzog vereinigt in sich alle Rechte der Staatsgewalt, und übt sie unter den in dieser Verfassungsurkunde festgesetzten Bestimmungen aus,"

so ist doch damit klar ausgesprochen, daß der Staat die Rechte der Kirchengewalt auszuüben nicht befugt sei.

Ebenso handeln die §§. 7, 14, 15, 66 nur von staatsbürgerlichen Rechten und Pflichten.

Die badische Verfassung hat deßhalb die kirchliche Jurisdiction nicht verletzt, wohl aber durch §§. 9 und 18 [1]) sie garantirt.

Die Bestimmungen des Strafgesetzes gelten unzweifelhaft für alle Unterthanen, wie die Carolina einst gemeines deutsches Recht war. Ihr Wirkungskreis geht aber nicht weiter, als der des

---

1) §. 18 der bad. B. U.:

„Jeder Landeseinwohner genießt der ungestörten Gewissensfreiheit und in Ansehung der Art seiner Gottesverehrung des gleichen Schutzes." (Also freie Religionsübung.)

Gesetzgebers, er erstreckt sich nicht in das Gebiet der Kirche, berührt also die jurisdictio ecclesiastica nicht. Man wird gewiß nicht behaupten wollen, daß das gemeine deutsche Criminalrecht zur Zeit seiner Herrschaft das canonische absorbirt habe, und daß nicht vielmehr die Wirksamkeit beider neben einander bestanden hat, jenes in der Sphäre des Staats, dieses in der der Kirche. Es ist unbestritten, daß der Souverain die Gerichte autorisirt und organisirt, daß sie in Seinem Namen Recht sprechen, wenn es auch ebenso ausgemacht ist, daß Er Sich nicht in die Materie des Rechts einmischen darf (Unabhängigkeit der Gerichte).

Es kann aber auf der andern Seite nicht genug wiederholt werden, daß die katholische Kirche in ihrem Gebiete, wozu gerade ja das fragliche Recht gehört, unabhängig von der Staatsgewalt ist[1]). Es ist unbestritten, daß in Deutschland eine unbeschränkte Staatsgewalt nicht besteht, daß ein solcher Charakter den Verfassungsformen fremd ist, daß also die Staatsgewalt nur die positiv ihr zustehenden Rechte ausüben, und daher nicht in das positive Recht eines Privaten oder einer Corporation, wie der Kirche eingreifen darf[2]).

Nach dem Grundsatze: „nemo plus juris in alium transferre potest quam ipse habet" können also die weltlichen Gerichte, deren Befugniß eine von der Staatsgewalt abgeleitete ist[3]), die zur Competenz derselben nicht gehörige jurisdictio ecclesiastica nicht ausüben. Es hieße dies die bestehende paritätisch-constitutionelle in eine cäsaropapistisch-despotische Staatsform umwandeln.

Ueberdies gehören zu Justizsachen nur bürgerliche Gegenstände, also keineswegs kirchliche.

---

1) Häberlin Staatsrecht I. §. 175, S. 576.
2) Zachariä, im „Rheinischen Bund," herausgeg. von Winkopp 1809, S. 60 ff. Die Garantie und der Fortbestand des *jus dioecesanum* und der *tota jurisdictio ecclesiastica* liegt gerade in den völkerrechtlichen Verträgen, wodurch die Zutheilung der kath. Ländergebiete an Baden bewirkt wurde.
3) Sachsensp. III. 26, 52, 60, Schwabensp. 9, 12, 87, Schmid Staatsrecht I. §. 35, Puchta: Dienst der deutschen Justizämter I. §. 45, v. Linde, Zeitschrift VII. S. 76 ff.

Ueber Handlungen und Angelegenheiten, welche das öffentliche Recht berühren, insbesondere also über Conflicte öffentlicher Gewalten haben die Gerichte nicht zu entscheiden [1]). Dies geht schon aus dem Begriffe der Rechtsprechung hervor. Sie ist bekanntlich „die Regulirung zweifelhafter Verhältnisse zwischen dem Gesetze und dessen Vollzug [2]).“ Sie setzt also ein positives Gesetz voraus, über dessen Rechtsgültigkeit kein Zweifel ist. Es ist aber Thatsache, daß gerade in Baden ein Conflict zwischen der Staats- und Kirchengewalt über die gegenseitige Competenz, insbesondere über die kirchliche Gerichtsbarkeit besteht. Hievon könnte keine Rede sein, wenn hierüber ein rechtsgültiges, von beiden Autoritäten anerkanntes Gesetz bestünde. Es liegt schon in der Natur der Sache, daß die weltlichen Gerichte, ein Zweig des einen streitenden Theils — also in propria causa — nicht entscheiden, und sich (ihre Natur und Wesen ignorirend) zum Schiedsrichter zweier über ihnen stehenden öffentlichen Gewalten machen können. Es genügt hier anzudeuten, daß der hl. Vater, also ein Souverän, Repräsentant der Kirchengewalt gegenüber der Staatsgewalt ist [3]).

Es ist nicht zu leugnen, daß der Grundsatz, internationale Fragen durch die Landesgerichte entscheiden zu lassen, sehr bequem ist [4]). Der

---

1) Gönner Staatsrecht §. 303.

2) Zöpfl Staatsrecht §. 139.

3) Oeffentliche Gewalten ordnen ihre gegenseitigen Beziehungen nach den Grundsätzen des Völkerrechts. Puffendorf de jure belli et pac. lib. I, 3, §. 6 ff, Moser Staatsrecht III, 86, Klüber Völkerrecht §. 123, Minerva (Zeitschrift) de 1813 S. 423 ff.

4) Erlaß des Erzb. Ord. vom 30. März 1855 Nro. 3294 an das Gr. Oberhofgericht: Die Verurtheilung des Pfarrverwesers Ginshofer zu dreimonatlicher Festungsstrafe betr.

„Aus den Entscheidungsgründen zu diesem Erkenntnisse (Gr. Hofger. des Mittelrheinkr. vom 17. März 1855 Nro. 1365) läßt sich der Standpunct dieser landesherrlichen Stelle nicht verkennen, indem darin behauptet wird, daß „Geld- und Gefängnißstrafen zu allen Zeiten (?) gegen Geistliche von weltlichen Stellen angewendet wurden,“ während es eine geschichtlich unumstößliche Thatsache ist, daß die kirchliche Immunität bis in die neueste Zeit heilig gehalten wurde.

einseitige Ausspruch gewinnt dadurch das Ansehen eines Rechtes, und der Betroffene erscheint als Verbrecher. Es ist aber dabei nicht zu übersehen, ob das Ansehen der Gerichte dadurch gewinnt, und ob in Wahrheit ein solches Verdict die Quelle eines Rechtes wird.

Die Erklärung der badischen Regierung [1]) spricht sich hierüber so klar aus, daß sie keines Commentars bedarf:

„Jedes Landgericht ist seiner ganzen Bestimmung nach nur nach wirklichen, d. h. positiven, von der eigenen Regierung für ihr besonderes Gebiet aufgestellten Normen Recht zu sprechen befugt. Es würde folglich die äußersten Grenzen seiner Competenz überschreiten, wollte es sich die Entscheidung solcher Fragen erlauben, die nach den Grundsätzen des Völkerrechtes zu beantworten sind.

„Dadurch könnte eine Partei in die Lage versetzt werden, welche der völligen Rechtslosigkeit sehr nahe verwandt, ja in gewisser Hinsicht noch weit bedenklicher wäre, weil bei völliger Rechtlosigkeit die Verletzten noch immer hoffen dürfen, daß ihnen die Zukunft einen gesetzlichen Ausweg, ihre Ansprüche zu verfolgen, eröffnen werde; während sie, richterlich und rechtskräftig verurtheilt, ihre, wenn auch an und für sich noch so sehr

---

Es wird ferner in den Entscheidungsgründen erklärt, daß „Christus wegen des Glaubensbekenntnisses und der Glaubenslehre verfolgt wurde, während es sich im Kirchenconflicte lediglich um Rechte der Kirchenregierung handle."
Diese Behauptung aber ist ... unzweifelhaft unrichtig ... , da die Apostolicität der kath. Kirche (deren Regierung durch die kirchl. Obern) wirklich Glaubenssatz der kath. Kirche ist, der Glauben der Katholiken also mit der Vorenthaltung „der Rechte der Kirchenregierung" wirklich angegriffen erscheint.
Wir hätten nicht erwartet, daß die landesherrl. Gerichte sich ein Urtheil über den Conflict der zwei höchsten Gewalten des Landes, der Kirchen- und Staatsgewalt erlauben, und müssen es bedauern, daß sie sogar das, was auf geweihter Stätte im hl. Dienste geschieht, rein kirchliche Gegenstände und Glaubenswahrheiten vor ihr weltliches Forum ziehen; obgleich ihnen nicht nur die Competenz, sondern insbesondere auch die nöthige Sachkenntniß hiezu abgeht!"
1) In der 12. Bundestagssitzung vom 30. März 1821 §. 73. (Aus v. Linde a. a. O. S. 197 ff., 200.)

gegründeten Ansprüche für jetzt und für alle Zeit gänzlich zu verlieren in Gefahr stehen."

Es ist schon oben nachgewiesen, daß das Rechtsverhältniß der katholischen Kirche in Deutschland sich auf völkerrechtliche Verträge stützt [1]). Auch die badischen Gesetze erkennen die Kirche als eine öffentliche Gewalt [2]) an. Ihre Conflicte mit der Staatsgewalt können also nicht durch die Landesgerichte, sondern müssen nach den Principien des Völkerrechtes erledigt werden.

Es steht den Landesgerichten eine Entscheidung über solche Conflicte eben so wenig, als z. B. bei einer Grenzstreitigkeit zwischen zwei Souveränen zu.

Für diese Behauptung spricht das positive Recht Deutschlands. Es ist oben (§. 2) schon ausgeführt, daß die protestantischen Fürsten jede Religionsbeschwerde als internationale Angelegenheit behandelten, und dieses Princip insbesondere durch den westphälischen Frieden [3]) positive Rechtskraft erlangt hat. Hievon wurde bekanntlich protestantischerseits in der Weise Gebrauch gemacht, daß, sobald die Reichshülfe zur Hebung der Religionsbeschwerden nicht ausreichend erschien, man die bewaffnete Intervention der fremden Mächte nachsuchte und fand. Da die Religionsbeschwerden auf ordentlichem Wege bei dem **Reichsgerichte** angebracht wurden, Letztere aber nach dem heutigen deutschen Staatsrecht, nach welchem die deutschen Landesherren Souveräne sind, die Natur von Bundesgerichten haben, so ist auch hierdurch die völkerrechtliche Natur der Religionsbeschwerden, resp. Kirchenconflicte in Deutschland bewiesen.

Nach dem Reichsstaatsrechte erließ das Reichsgericht bekanntlich

---

1) v. Linde a. a. O. S. 161.
2) §. 657 bad. Strafges. B.
3) Hierauf können sich die deutschen Katholiken mit Recht berufen, da sie Mit-Paciscenten waren, da bei Nichtanerkennung des W. F. die rechtliche Existenz der prot. Confession fehlt, da ferner in dieser Völkerrechtsacte ein Anerkenntniß des kath. Rechtes von Seiten aller deutschen Landesherren liegt, welches der hl. Vater in der Bulle „Zelo Domus Dei" nur so weit dadurch das jus quaesitum der Katholiken geschädigt wurde, verwarf, das Anerkenntniß selbst also utiliter acceptirt hat. Vgl. hierüber v. Linde a. a. O. §. 15.

einen unbedingten Strafbefehl und im Falle der Nichtparition die Exekution, wenn eine Religionsbeschwerde liquid, d. h. die widerrechtliche Handlung unläugbar und das Gesetz bestimmt und deutlich war.

Wurde aber die gesuchte Rechtshilfe verweigert, und der verletzende Theil stand auf gütlichem Wege von seinem Vorgehen nicht ab, so waren „omnes et singuli hujus transactionis (W.) consortes" verpflichtet, mit den Waffen das Unrecht zu heben [1]).

Nach dem positiven deutschen Staatsrecht werden also Kirchenkonflikte ganz nach den Principien des Völkerrechtes entschieden.

Außer dem Gesagten ist dieser Grundsatz in Baden schon durch die Thatsache anerkannt, daß wegen Beilegung des Kirchenkonflicts und Ordnung der religiösen Angelegenheiten auf diplomatischem Wege mit dem heiligen Stuhle verhandelt wird.

Hiernach sind also die Landesgerichte nicht kompetent, via facti die kirchliche Jurisdiction an sich zu nehmen. Es stehen wohl alle katholischen Unterthanen unter der weltlichen Jurisdiction — so weit die Competenz des Staates reicht, — aber es hat Letzterer keine katholisch-kirchliche Jurisdiction, und sind also die weltlichen Gerichte, soweit nach dem jetzt geltenden kanonischen Rechte die jurisdictio ecclesiastica reicht, nicht kompetent.

4) Dies geht selbst aus den weltlichen Bestimmungen hervor, indem in den Rekursgesetzen [2]) nirgends der Kirchenbehörden gedacht wird, obgleich sie, wie bemerkt, als öffentliche Behörden anerkannt sind, und Letztern gemäß §. 133 bad. E. G. und §§. 7 9 des Gesetzes vom 3. August 1837 die Ergreifung eines Rechtsmittels [3]) in

---

1) v. Linde a. a. O. S. 31—35.

2) Bad. Rek. Ges. v. 3. Aug. 1837 u. Einführ. Gesetz zum Strafgesetzbuch vom 5. Februar 1851.

3) Das Gr. Oberhofgericht sprach deßhalb wiederholt dem Erzb. Ordinariat „die Legitimation zur Ergreifung eines Rechtsmittels" in den Fällen ab, in welchen die Kirchenstelle die Competenz der weltlichen Gerichte bestritt, kath. Geistliche zu verurtheilen, und ließ sich auf das Materielle der Beschwerden nicht ein. Erlaß vom 7. April 1855 No. 1776 die Verhaftung der Pfarrers Baber zu Friedenweiler betr.

Das Gr. Justizministerium und Ministerium des Innern bestritten überhaupt

Strafsachen gestattet ist. Ersteres geschah offenbar deßhalb nicht, weil eben nach positivem Recht die Heilighaltung der jurisdictio ecclesiastica ein solches Rechtsmittel unnöthig macht. Die weltlichen Gerichte, so setzte vernünftigerweise der Gesetzgeber voraus, werden in jedem an sie kommenden, die geistliche Gerichtsbarkeit verletzenden Falle sich ex officio für inkompetent erklären. Es ist bekanntlich die Pflicht des Richters seine Jurisdiction ex officio zu prüfen[1]), sich also auch ex officio als inkompetent zu erklären.

Da indessen die Kirche eine dem Staate koordinirte Gewalt ist, sie sich in einem ihrer Diener angegriffen sehen muß, sofern das ihr zustehende Recht verletzt ist, so liegt es schon in der Natur der Sache, daß sie ihre Untergebenen zu schützen berechtigt und verpflichtet ist.

Ueberdies kann ihr schon nach der Rechtsähnlichkeit der gestatteten Competenzkonflikte zwischen Civil- und Militärgerichten eine Einsprache und resp. Nichtigkeitsbeschwerde gegen die Verletzung ihrer Competenz nicht abgesprochen werden; weil sonst natürlich die kirchliche Jurisdiction eine illusorische wäre[2]).

Endlich macht es das jus speciale des §. 14. des I. C. C. (was, wie überhaupt die das kirchliche Recht garantirenden leges speciales den leges generales d. h. den allgemeinen Staatsgesetzen derogirt) in Verbindung mit der Schlußklausel[3]) dieser landesherrlichen Verordnung den Kirchenbehörden (also auch nach den badischen weltlichen Verordnungen) möglich, ihr Recht zu wahren.

5) Endlich ist noch kurz der Einwand zu widerlegen, der Richter habe sich unbedingt an die ihm gegebenen Verordnungen zu halten.

---

die jurisd. eccl. Erlaß Gr. Justizm. vom 28. April 1855 No 3441—42. „Die Untersuchung gegen Pfarrer Erndle wegen Gefährdung der öffentlichen Ruhe und Ordnung."

1) Oberhofg. Jahrb. XIII. S. 6. 8. IV. S. 47.

2) Annal. der bad. Gerichte XVII. 299. XIX. 65.

3) Diese bestimmt, daß jede Entgegenhandlung gegen die Bestimmungen dieser Verordnung „die ewige und unverjährbare Nichtigkeit nach sich zieht."

Es ist indessen darüber kein Zweifel[1]), daß der Richter die nicht auf verfassungsmäßigem Wege[2]) entstandenen oder überhaupt nicht rechtsbeständige Gesetze nicht zu beachten hat, da er blos zur Anwendung von wirklich rechtsbeständigen Gesetzen verpflichtet ist.

Hieraus folgt, daß Gesetze, welche, wie wir oben gesehen, in Antinomie zu einander stehen, von dem Richter nicht zu beachten sind, weil sie einander aufheben[3]). Ferner solche, welche nicht auf verfassungsmäßigem Wege entstehen konnten, weil sie die Grenzen der Staats-Verfassung überschreiten, wozu z. B. Pusta[4]) die Gesetze zählt, welche etwas Irreligiöses gebieten.

Und wirklich verordnen die const. 12 de sacr. eccl. (1, 2) und die bekannten Authentica: „cassa" (Cod. 1, 2), daß alle Gesetze und Verordnungen ungiltig seien, welche den Kirchengesetzen widersprechen.

Diese Grundsätze sind in Deutschland rechtsgiltig nie aufgehoben worden. Sie sind in den oft citirten völkerrechtlichen Acten anerkannt[5]). So ist auch durch das positive weltliche Recht der kirchliche Grundsatz anerkannt: „man muß Gott mehr als den Menschen gehorchen!"

---

§. 6.

IV. Amtsvergehen der Geistlichen.

Muß man nach der bisherigen Ausführung zugestehen, daß nach positivem Recht die jurisdictio ecclesiastica in ungehinderter Existenz

---

1) Jordan im civ. Arch. VIII. S. 214. Zachariä, ebendas. XVI. S. 145 ff. Pfeiffer prakt. Ausführungen Bd. III. S. 279 ff.

2) Da die Rechte der Kirche s e h r lange vor Existenz der Kammern schon existirten, und Letztere nur ein Ausfluß der Staatsgewalt sind, also auch nicht mehr Rechte als der Staat haben können, so ist es selbstredend, daß durch sie weder ein Recht der Kirche geschaffen, noch abgeändert werden kann.

3) Savigny System I. §. 42—45.

4) Pandekten §. 20.

5) v. Linde a. a. O. S. 177 ff.

bestehen soll; so ist dies argum. a majore ad minus jedenfalls in Bezug auf die Amtsverbrechen der Geistlichen der Fall.

Ein Amtsverbrechen ist bekanntlich „die Verletzung der einem öffentlichen Beamten hinsichtlich seines Dienstes obliegenden Pflichten [1].“

Es liegt der Thatbestand dieses Verbrechens nicht blos vor, wenn der öffentliche Diener (also auch der Geistliche) [2] seine ihm anvertraute Amtsthätigkeit zweckwidrig, oder gar zur Verübung eines gemeinen Verbrechens verwendet; sondern auch wenn er im Amte gemeine Verbrechen begeht [3].

Da bei einer solchen idealen Concurrenz von Verbrechen nur eine einmalige Strafe denkbar ist [4], so absorbirt das Amtsvergehen das gemeine Verbrechen, wenn letzteres hiebei auch noch als vorhanden angenommen würde.

Es entsteht nun die Frage, wer — abgesehen von dem bisher Gesagten — zur Aburtheilung der Amtsvergehen katholischer Geistlicher kompetent ist?

Es geht schon aus dem Begriffe: „Staatsdiener“ hervor, daß die Geistlichen nicht unter diesen Begriff fallen. Die Staatsdiener sind nämlich „Personen, welche zu Folge der Staatsverfassung die Souveränitäts-Rechte und Pflichten im Namen des Souveräns, aber unter eigener Verantwortlichkeit ausüben.“

Es versteht sich daher von selbst, daß ein Geistlicher als Kirchendiener, als welcher er die Rechte, nicht des Staatssouveräns, sondern des höchsten Souveräns — Jesu Christi — ausübt, kein Staatsdiener sein kann, wie ein Kirchenamt auch kein Staatsamt ist [5]. Wäre Letzteres der Fall, so wäre die Kirche keine göttliche, mit Selbstregierung gestiftete Anstalt [6] mehr, sondern eine menschliche, eine im Staate aufgegangene.

---

1) Henke's Handbuch des Crim. R. III. 488.
   Bauer Strafrecht §. 370.
2) §. 657 bad. St. G. B. rechnet die Geistlichen zu den „öffentl. Dienern.“
3) §§. 662, 684, 703 bad. St. G. B.
4) Henke a. a. O. III. 492.
5) Henke a. a. O. III. 484.
6) v. Hirscher, zur Orientirung S. 7 ff.

Die Kirchendiener werden denn auch nirgends zu den Staatsdienern (wohl aber zu den Dienern einer öffentlichen Gewalt) gezählt [1]. Es steht daher dem Staate keine Disciplinargewalt über dieselben zu, sie sind ihm wegen Erfüllung ihrer Dienstpflichten keine Verantwortung schuldig: weßhalb die Criminalisten die Amtsverbrechen derselben nicht unter die weltlichen Amtsvergehen zählen [2].

Und in der That ist es noch nicht bestritten worden, daß die Geistlichen unter der Disciplinargewalt der Bischöfe [3], wie diese unter der des hl. Vaters stehen. Hieraus folgt, daß die Geistlichen als Kirchendiener [4] wegen ihrer Amtsverrichtungen und Amtsvergehen nur ihrem Kirchenobern gegenüber verantwortlich sind. Es ist ein überall anerkannter Grundsatz, daß ein Beamter, der sich auf höhere Weisungen beruft, nicht, sondern sein dienstlicher Obere deßhalb belangbar ist, weil sonst jeder untergeordnete Diener in die Lage käme, entweder von seinem Oberen oder den Gerichten gestraft zu werden. Der Vorgesetzte müßte bei einem solchen Systeme vor Erlassung seiner Verfügungen jedesmal das „gerichtliche Exequatur" einholen, so daß weder von der Ausübung des weltlichen, noch von der des geistlichen Regierungsrechtes die Rede sein könnte.

Da nur der Dienstvorgesetzte rechtlich in der Lage ist, zu beurtheilen, ob der ihm Untergebene, im Geiste und Sinne der ihm ertheilten (möglichenfalls auch geheimen) Weisung oder Instruction, oder den Verordnungen (also hier den Kirchengesetzen) gemäß gehandelt habe, so ist Letzterer auch seinem Oberen gegenüber ausschließlich verantwortlich.

---

1) Der Art. 11. 13 des I. bad. Const. Ed., verbunden mit dem bad. Civildiener-Edict vom 30. Januar 1819 schließt die Diener der Kirche von den Staatsdienern aus. (Vgl. bad. R.B. 1808 Nro. 12, 1812 Nro. 20 Beil. §. 12, 1827 Nro. 9.

2) Bauer a. a. O. §. 375, Feuerbach Criminalrecht (ed. Mittermaier) §. 429 c.

3) Dies gesteht auch ausdrücklich der Erlaß Gr. Justizministeriums vom 28. April 1855 Nro. 3441—42 „J. U. S. gegen Pfarrer Ernble in Winseln wegen Gefährdung der öffentlichen Ruhe und Ordnung," zu.
Richter, Kirchenrechte §. 56.

4) Es ist hier nicht die Rede von Geistlichen, welche wirklich Staatsdiener sind.

Die Vertretung öffentlicher Diener durch ihre vorgesetzte Dienstbehörde ist deßhalb ein so allgemein und unzweifelhaft anerkannter Grundsatz, als der es ist: daß das Recht, öffentliche Diener vor Gericht zu stellen, ein Ausfluß der Disciplinargewalt ist [1]).

Dieses Princip ist denn auch wirklich im §. 9. E. G. zum bad. St. G. B. anerkannt:

„Vorbehaltlich fürsorglicher Maßregeln findet die strafgerichtliche Verfolgung eines öffentlichen Dieners wegen eines Amtsvergehens, insofern nicht die zuständige Dienstbehörde selbst sie veranlaßt oder zugibt, nur mit Genehmigung des Staatsministeriums statt."

So lange man die Existenz der kath. Kirche nicht leugnet, muß man das Recht derselben zugestehen, ausschließlich „durch ihre hierarchischen Obern regiert zu werden [2])," also auch das Recht der Kirchendiener wegen ihrer Amtshandlungen nur ihren Kirchenobern gegenüber verantwortlich zu sein. Die katholischen Geistlichen haben keinen Staatsdiener-Eid geleistet, sind also nicht der Disciplinargewalt des Staates untergeben. Sie sind aber kraft ihres Diensteides zum strengen Gehorsam ihren kirchlichen Obern in allen die Kirchenregierung betreffenden Angelegenheiten [3]) verpflichtet.

Es wird von keiner Seite rechtlich bestritten werden können, daß die katholischen Bischöfe Deutschlands (wenn man sie — was eine rechtliche Unmöglichkeit ist — nicht zu schismatischen Bischöfen machen will) dem Kirchenoberhaupt untergeben sind, und demnach dessen Befehle, resp. die Canones zu vollziehen haben. In einem Conflicte der Kirche mit dem Staate z. B. können also die Bischöfe, so lange sie katholische, d. h. mit der Einheit des hl. Stuhles verbunden sind, und mit ihnen der Klerus nur die kirchlichen Weisungen vollziehen.

---

1) Das rechtliche Verhältniß der kath. Bischöfe S. 121.

2) Richter a. a. O. „Beleuchtung der Entschließung der Regierungen der oberrheinischen Kirchenprovinz" (Schaffhausen bei Hurter 1853.)

3) Was dazu gehört, darüber steht nach dem Gesagten nur den Kirchenobern ein competentes Urtheil zu, wie ein solches Urtheil in weltlichen Dingen Sache der oberen Staatsbehörde ist.

Jeder Bischof, welcher, weil Er die Anordnungen des hl. Stuhles für ungesetzliche halten, sich denselben widersetzen und Diesem den canonischen beschworenen Gehorsam versagen würde, wäre eben damit eines Schisma's schuldig. Er würde sich dadurch selbstverständlich über den hl. Stuhl erheben, und sich das Richteramt zwischen ihm und dem Staate beilegen [1]).

Da die Unterthanenpflicht das kirchliche Dienstverhältniß nicht berührt, weil Letzteres ein Ausfluß der Kirchengewalt ist, wie auf der andern Seite ein weltlicher Diener wegen Verletzung seiner Amtspflichten nur deßhalb vor den weltlichen Richter gestellt wird, weil dieser die Diensthoheit des Staates ausübt, katholische Geistliche aber, wie erwähnt, wegen Erfüllung oder Verletzung ihrer Amtspflichten nur und ausschließlich ihrem Obern gegenüber verantwortlich sind; so kann eine weltliche Behörde keinen katholischen Geistlichen wegen seiner Amtsvergehen vor ein weltliches Gericht stellen. Erklärt der kirchliche Obere, daß der ihm unterstellte Geistliche seinen Auftrag überschritten, und damit ein Amtsvergehen begangen habe, so wird er ihn nach dem der Kirche zustehenden Rechte zur Aburtheilung hiewegen an den judex ordinarius verweisen. Es steht natürlich dem Staate, falls er hiebei betheiligt ist, zu, gegen das vom geistlichen zuständigen Gerichte gefällte Erkenntniß den Recurs an die höhere geistliche Instanz zu ergreifen.

Es liegt hier dasselbe Verhältniß vor, als wenn die weltliche Dienstbehörde, eventuell das Staatsministerium kraft seiner Diensthoheit einen weltlichen Beamten wegen Ueberschreitung des ihm gewordenen Auftrages vor die dem Staate unterstehenden weltlichen Gerichte stellt.

Erklärt aber der kirchliche Obere, daß der betreffende Geistliche seiner Instruction oder den Kirchengesetzen gemäß gehandelt habe, so übernimmt er hiemit die Verantwortung für denselben und ist natürlich dieser dadurch hievon befreit [2]).

---

1) Rechtliches Verhältniß der katholischen Bischöfe S. 115. Es ist bekanntlich ein Unterschied zwischen der Function eines Richters und eines vollziehenden Beamten.

2) Vgl. die oft cit. Schrift: „das rechtliche Verhältniß" rc. S. Cyprian. ep. 27, Conc. Trid. sess 23. c. 7. Origines Hom. 11. in Jer. „Der Bischof steht an der Spitze der Kirche und wird für sie Rechenschaft geben."

Man kann hier nicht einwenden, der hl. Vater sei ja nicht belangbar; weil in einem solchen Falle eben ein Conflict zwischen zwei gleichberechtigten Gewalten existirt, den die eine nicht durch ein Urtheil ihres Gerichtes beilegen darf. Ueberdies ist der Diener der Kirche in seiner kirchlichen Eigenschaft dem Staate gegenüber ebenso ein Repräsentant einer andern souveränen Macht, als jeder Vertreter eines fremden Staates, der bekanntlich nicht vor die Landesgerichte gezogen werden darf. Wie also der Staat durch letzteren Schritt den fremden Souverän seiner Richtergewalt unterordnen würde, so erscheint die katholische Kirche durch Stellung eines Geistlichen wegen seiner Amtsvergehen vor ein Landesgericht — der Staatsgewalt untergeordnet. Dr. Marca, einer der Hauptgründer des sog. Josephinismus, sagt in seiner Schrift de concordia Sacerdotii et Imperii, lib. IV. cap. 21:

„poena a judice infligi *non potest ei, qui sibi subditus non est.* Judices autem ecclesiastici ratione habita jurisdictionis ecclesiasticae quam exercent, a regia jurisdictione non pendent, quum auctoritates istae societatis communione quodam inter se vinciantur potius quam necessitate imperii, quod alteri ab altera subeundum sit."

So erscheint auch unzweifelhaft die Kirchengewalt der Staatsgewalt untergeordnet, wenn eine weltliche Behörde die im Eingange dieses Paragraphen berührte Genehmigung zur Einleitung einer Untersuchung gegen einen Geistlichen ertheilt. Diese Genehmigung ist eben nichts anderes als ein Ausfluß der Diensthoheit, kraft welcher der dienstliche Obere den ihm Untergebenen wegen Verletzung seiner Amtspflichten vor Gericht stellt.

Da nicht das Staatsministerium sondern der heilige Vater der Obere des Ordinarius, der vorgesetzten kirchlichen „Dienstbehörde" ist; so kann auch nicht Jenes die nach §. 9. E. G. erforderliche Genehmigung zur Einleitung einer Untersuchung gegen einen Geistlichen geben, so wenig dies irgend eine Staatsbehörde rechtlich thun kann.

Wenn daher doch ein Staatsministerium oder eine andere weltliche Stelle eine solche „Genehmigung" ertheilt, so erklärt es sich damit als die oberste Kirchenstelle des Landes, und versucht die zuständige kirchliche Disciplinarbehörde zu einer schismatischen zu machen.

Der eben berührte §. 9. E. G., die Verordnung des Org. Ed. von 1809 (R. B. No. 78.) über Competenzstreitigkeiten, überhaupt die Bestimmungen des St. G. B. beziehen sich offenbar nur auf weltliche Vergehen, Laien, weltliche Gerichte, weltliche Diener und Dienstbehörden [1]).

Dies geht schon daraus hervor, daß der §. 11. des E. G. den „Dienstbehörden" nur das Recht gibt, gegen Staatsdiener Geld- oder Arreststrafen zu verhängen, während die geistliche Dienstbehörde über Kirchendiener Deposition, ja sogar Excommunication verhängen kann.

Nach §. 703. des badischen St. G. B. steht dem weltlichen Gerichte zu, wegen Amtsverbrechen die Strafe der Dienstentlassung [2]) auszusprechen.

Es liegt schon in der Natur der Sache, daß nur der Dienstherr, der, welcher den Dienst überträgt, auch aus demselben entlassen kann. Nun ist es aber unläugbar, und ein in den „symbolischen Büchern" der katholischen Kirche begründetes Princip der Letztern, daß ein Priester seine Amtsverrichtungen nur als Stellvertreter des Bischofs ausübt:

„Ohne den Bischof thue Niemand etwas in kirchlichen Angelegenheiten. Es ist nicht erlaubt, ohne den Bischof weder die Taufe, noch das Liebesmahl zu feiern [3])."

Es steht auch nur dem Oberhirten zu, die Priester zu ernennen, welche ihn bei Leitung der ihm anvertrauten Heerde vertreten, da es Glaubenssatz ist, daß die Regierung der Kirche und damit auch die

---

1) Die Aufzählung der Geistlichen im §. 657. St. G. B. als öffentliche Diener macht sie noch nicht zu Staatsdienern und begründet die Competenz der weltlichen Gerichte nicht, nam „quae in favorem alicujus introductae sunt, in odium illius detorqueri non debent." (l. 25 D. de leg.)

2) Diese Strafe wurde wirklich vom Gr. Hofgericht zu Constanz über einen Pfarrverweser — ausgesprochen.

3) S. Ignatius ap. ad Smyrn.
Tertull. de bapt.

Aufstellung ihrer Diener von unserm göttlichen Heilande dem Aposto= late d. h. Episcopate übertragen wurde.

So beauftragte schon der heilige Apostel Paulus den Bischof Titus, Priester (Aelteste) anzustellen [1]). Das zweite ökumenische Concil von Nicäa erklärte jede von der weltlichen Obrigkeit getrof= fene Wahl eines Priesters für nichtig. Ja die Kirchengesetze gehen soweit, daß sie sogar die von auswärtigen Bischöfen gestifteten Be= neficien dem Collatur=Rechte des eigenen Bischofs unterstellen [2]).

„Omnis ecclesiae ipsius gubernatio ad eum (Episcopum) in cujus Civitatis territorio Ecclesia surrexit, pertinebit [3]).“

Es dürfte deßhalb auch wohl noch nie vorgekommen sein, daß die weltliche Gewalt behauptete, Priester des Herrn ihres heiligen Dienstes entlassen zu können.

(Die badische Regierung hat das Recht der Versetzung der Hilfs= geistlichen stets dem Ordinarius anerkannt. Eine Dienstentlassung derselben kann natürlich nicht, sondern nur eine Strafversetzung statt= finden, da sie ja nur vorübergehend verwendet werden, Letztere kann also nur der Oberhirte aussprechen. Was aber von Pfarrverwesern gilt, sollte doch naturgemäß auch auf Pfarrer Anwendung finden).

Wer über die Befähigung eines Dienstes erkennt, muß selbst= verständlich auch über dessen Entfähigung entscheiden. Es ist überdies nach dem katholischen Dogma auch geradezu unmöglich, daß ein An= derer als der Ordinarius einen katholischen Geistlichen seiner kirchli= chen Funktionen entheben, oder gar daß Jemand ihm im Sinne des protestantischen Kirchenrechtes die priesterliche Eigenschaft nehmen könne.

„Si quis dixerit, per sacram ordinationem . . . . non imprimi characterem indelebilem, vel eum qui sacerdos semel fuit lai= cum rursus fieri posse, anathema sit [4]).“

Mayr [5]), Trismegistus Pontificius spricht sich hierüber so aus:

„Tametsi ex dictis depositio sit perpetua, hoc nihil impedit,

---

1) Tit. I., 5.
2) Cap. 3 de cons., can. 18 caus. 16 quaest. 7. c. 1 C. 16 q. 3.
3) cf. Ferrari 5 bibl. can. verbo: „beneficia“ art. IV. No. 31.
4) Conc. Trid. sess. 23. cap. 3. 4.
5) Lib. V. tit. 37 §. 10 No. 43.

quominus *Episcopus* post peractam poenitentiam eum ad statum pristinum restituat."

Das ökumenische heilige Concil von Trient [1]) hat auch ausdrücklich bestimmt, daß ein Priester nur durch den Ausspruch seines Bischofs des Kirchendienstes entlassen werden könne.

Hiemit stimmt auch die Bestimmung des cap. 16 X. de offic. jud. ord. überein:

„Habeas (Episcopus) canonicam obedientiam, subjectionem et reverentiam, institutionem et *destitutionem* (beneficatorem)." .. [2])

Sogar der §. 15. des I. badischen C. E. spricht die Dienstentlassung der katholischen Geistlichen, ebenso auch die Regierungsentschließungen vom 30. März 1830 und 5. März 1853 ausschließlich dem Kirchenobern zu. Schon die kirchliche Residenzpflicht würde den katholischen Geistlichen verhindern, die seiner Obsorge anvertraute Heerde zu verlassen. Es würde also die durch eine weltliche Stelle verfügte Dienstentlassung eines Geistlichen, wenn sie zur Ausführung kommen könnte, nicht blos das Gericht zum Bischof machen, ihm die Entscheidung über die Versehung des heiligen Dienstes zumessen; sondern die weltliche Gewalt würde dadurch auch geradezu die Verfügung über priesterliche Functionen sich beilegen, und das Band der Einheit, des Gehorsams und der Subjection, das den katholischen Geistlichen an seinen Oberen knüpft, lösen.

Kann also ein weltliches Gericht gewiß nicht die Dienstentlassung über einen Geistlichen verhängen, so versteht es sich von selbst, daß die Strafbestimmungen, welche nach dem Criminalgesetze (§. 703. St. G. B.) gegen weltliche Diener maßgebend sind, nicht auf Geistliche resp. deren Amtsvergehen passen.

Es ist auch unter den Lehrern des öffentlichen, des Criminal- wie des Kirchen-Rechtes darüber nur eine Stimme, daß Amts- und Standesvergehen der Geistlichen ausschließlich vor das forum ecclesiasticum gehören [3]).

---

1) Sess. 13. cap. 1. 4. de ref.
2) S. Augustin. lib. II. c. 3 contra epist. Parmen.
   Eichhorn, Grundsätze des Kirchenrechtes I. Bd. S. 459.
   Dr. Lang in der Tübinger Quartalschrift 1831, II. Heft S. 283.
3) Reiffenstuel de for. compet. n. 201. Laimann lib. 4 theol. mor. tract.

Da, wie bemerkt, derjenige, welcher die kirchliche Immunität verletzt, das katholische Dogma der Apostolicität der Kirche nicht anerkennt, sich also dadurch selbst von Letzterer ausschließt, so bestimmen auch die Kirchengesetze, daß solche Urtheile welche die kirchliche Immunität verletzen, nichtig seien [1]), und diejenigen welche zur Beeinträchtigung dieser göttlichen Institution mitwirken *ipso jure et facto* in die *excommunicatio major* (excommunicatio latae sententiae) verfallen, von welcher sie, außer in articulo mortis nur der heilige Vater absolviren kann [2]). Die Canones [3]) verbieten es auch den Geistlichen, sich irgendwie bei der Verletzung der kirchlichen Immunität, insbesondere durch Anerkennung der Competenz des weltlichen Gerichtes, zu betheiligen.

Wenn er daher in Erfüllung seiner Gewissenspflicht hiernach handelt, und deßhalb von den weltlichen Behörden gestraft würde, so geschieht dies — der Bethätigung des Glaubens wegen, und es wird die Uebung der religiösen Ueberzeugung, die „freie Religionsübung" für strafbar erklärt. Aus diesen Consequenzen folgt, daß ein Staat, welcher den Katholiken Gewissensfreiheit und freie Religionsübung garantirt hat, die Ausübung der kirchlichen Jurisdiction heilig halten, und keinen Eingriff in dieselbe dulden darf.

---

c. 8, Ferraris bibliotheca canonica, verbis: „episcopus, clerus, immunitas."

Walter Kirchenrecht §. 189. Rot. Rom. Decis. 10. No. 2 de consuet.

Die badische Staatsbehörde hat in praxi in mehreren Fällen Geistliche, die sich eines gemeinen Vergehens schuldig machten, (z. B. † Pfarrer Riegger in Leipferdingen) vor das forum ecclesiasticum verwiesen. Das Gr. bad. Staatsministerium erklärte das Gericht, welches über die Fortentrichtung eines beneficium an einen Geistlichen ein Urtheil fällte, für incompetent. Oberhofg. Jahrbücher (a. F.) III. 243.

1) c. 7. X. de immun. eccl.

2) c. 4. X. de immun. eccl., c. 4. de censur. in VI., §. 18. Bull. „Coen. Dom.," Constit. Urb. VIII. „Rom. Pontif."

3) cf Ferraris l. c.

§. 7.

V. Schlußbetrachtung.

Es kommt hiernach freilich nicht mehr darauf an, ob die Handlungen der badischen Geistlichen im Kirchen=Conflicte eine Anwendung der Bestimmungen des badischen Strafgesetzbuches (insbesondere §. 631ᵃ. ff.) in objectiver Hinsicht zulassen. Es muß aber auch dieses bestritten werden.

„Ein Verbrechen muß (bekanntlich) auf eine Rechtsverletzung gerichtet sein." Eine Handlung, durch welche „etwas Rechtliches erstrebt" wird, fällt also nicht unter diesen Begriff [1].

Ein Verbrechen ist das eigenmächtige, widerrechtliche Setzen des **Privatwillens** an die Stelle des öffentlichen.

Alle diese Momente fehlen bei den Bestrebungen der Geistlichen im erwähnten Conflicte. Die Achtung der Kirche und die Befolgung ihrer Anordnungen ist die erste Grundlage des sittlich=religiösen Sinnes der Völker, ohne welchen kein Staat bestehen kann. Es fordern daher auch die weltlichen Gesetze [2] die Unverletzbarkeit der kirchlichen Institute und Gesetze, und bedrohen deren Angriff mit Strafe.

Wenn daher die Geistlichen den Kirchengesetzen gemäß in ihren amtlichen Verrichtungen handelten, so haben sie gewiß „etwas Rechtliches erstrebt," und haben nicht ihren Privat= sondern den **Willen einer Amtsgewalt** ausgeübt.

Es ist schon ausgeführt, daß die Beantwortung der Frage, ob eine Handlung eine kirchenamtliche oder den Kirchengesetzen gemäße war, zur Competenz der höheren Kirchenbehörde gehört. Würde man insbesondere den weltlichen Gerichten die Entscheidung über die amtliche Zuständigkeit der Kirchenbehörden zugestehen, und wäre solche

---

[1] Grolmann, Criminalrecht §. 17. 20.

[2] Bad. St. G. B. Tit. XLI. Die Geistlichen, welche ihres Obedienzeides uneingedenk durch Verletzung der oberhirtlichen Anordnungen gegen die Kirchengesetze handelten, sind deßhalb auch nach bad. Straf= und Staats=Rechte strafbar. Jede öffentliche Gewalt hat die Pflicht durch und mit der Wahrung der fremden Autorität die eigene zu schützen.

dadurch von einer weltlichen Macht abhängig; so würde dadurch gerade der Lebensnerv der katholischen Kirche, die Disciplin und kirchliche Amtsthätigkeit zerstört.

Wenn das positive Recht nicht auf Seite der Kirche stünde, so wird man doch jedenfalls den Kirchenbehörden zugeben, daß sie in dem guten Glauben handeln (dieser ist bei dem Vorhandensein schon der kirchengesetzlichen Bestimmungen gewiß ein berechtigter!), nur ihr Recht zu vertheidigen. Wo aber, wie hier, die verbrecherische Absicht[1] fehlt, ja wo sogar die Absicht dahin geht, eine Dienstpflicht[2] zu erfüllen; da kann doch nach den ersten Grundsätzen des Criminalrechtes von einem Verbrechen keine Rede sein. Der Einzelne kann in seinem Eifer zu weit gehen, und deßhalb auf disciplinärem Wege gestraft werden müssen, aber ein Verbrecher wird er dadurch nicht.

Nach den Grundsätzen der Criminalpolitik erscheint es ohnehin sehr gefährlich, öffentliche Diener wegen vermeintlicher oder wirklicher Ausübung ihrer Amtspflichten in die Reihen der Verbrecher zu stellen, weil natürlich dadurch die Achtung vor der Autorität und den Strafen schwindet.

Diese Grundsätze finden ihre Anwendung insbesondere auch auf die Predigten[3].

Der Geistliche verkündet auf der Kanzel an Gottes Statt die Wahrheit. Er hat dabei furchtlos nur seinem Gewissen Rechnung zu tragen. Ob seine Belehrungen, Ermahnungen und Warnungen in den Predigten, ob die darin von ihm ausgesprochenen Principien richtig und der christlichen Lehre, die er allein zu beachten hat, gemäß

---

1) §. 70. St. G. B.: „die Uebertretung eines Strafgesetzes, welche dem Uebertreter weder aus dem Grunde eines rechtswidrigen Vorsatzes, noch aus dem einer Fahrlässigkeit zugerechnet werden kann, ist straflos."
Der §. 74. St. G. B. steht nicht entgegen, weil hier von einer unberechtigten religiösen Ansicht, nicht aber von positiven kirchlichen Bestimmungen die Rede ist.

2) §. 71. St. G. B.

3) Im bad. Kirchenconflicte sind bekanntlich eine Reihe von Untersuchungen wegen „Störung der öffentlichen Ruhe und Ordnung" mittelst Predigten gegen katholische Geistliche anhängig.

sind, darüber steht die Entscheidung doch offenbar nicht einem weltlichen Gerichte, sondern nur dem Kirchenobern zu.

Der Geistliche ist auch wegen Erfüllung und resp. Mißbrauches seines Predigtamtes nach der ausdrücklichen Bestimmurg des Conc. Trid. ress. V. cap. 21 de reform. nur seinem Ordinarius gegenüber verantwortlich. Die Kanzel gehört offenbar nicht in das Gebiet des Staates, folglich auch nicht unter seine Gerichtsbarkeit; sie fällt vielmehr durchaus in das Reich der Kirche und unter deren Jurisdiction.

Es liegt dies auch in der Natur der Sache, da es dem weltlichen Richter (der ja auch Protestant sein kann) nicht möglich ist und er jedenfalls nicht dazu autorisirt ist, zu entscheiden, ob die vorgetragenen Lehren wirklich der katholischen Wahrheit gemäß sind, mit andern Worten, ob der betreffende Geistliche seine Amtspflicht erfüllt oder verletzt habe.

Man wendet ein, daß ein Geistlicher gerade durch die Handhabung seines Predigtamtes Staatspflichten verletzen könne, und deßhalb dem weltlichen Strafgesetze verfallen müsse.

Den Vordersatz anlangend, so kömmt hiebei zu erwägen, ob der Betreffende in seiner Predigt wirklich eine rechtsverletzende Absicht hatte, oder ob er bloß seiner Amtspflicht gemäß seine religiöse Ueberzeugung ausgesprochen hat.

Was das Letztere betrifft, so würde man es mehr als sonderbar finden, wenn man einen Richter wegen der in seinem Urtheile oder den Entscheidungsgründen hiezu enthaltenen oder enthalten sein sollenden Verletzungen gegen die öffentliche Gewalt — vor Gericht stellen würde, weil er nur seine juristische Ueberzeugung ausgesprochen hat.

Und ein Geistlicher, der eine gewiß heiligere Verpflichtung hat, seine dem katholischen Dogma und den Kirchengesetzen gemäße religiöse Ueberzeugung von der Kanzel zu verkünden, sollte deßhalb vor ein weltliches Gericht gestellt, dadurch aber das Predigtamt mindestens erschwert, und seine Lehre als verbrecherische dargestellt werden [1]?

---

1) Erlaß des Erzb. Ord. vom 4. Mai 1855 Nro. 4577. an Gr. Justizministerium: „Wir beklagen es als die traurigste Erscheinung im Kirchenconflicte, daß Predigten vor das weltliche Forum gezogen, daß dadurch die eigenen Pfarrkinder veranlaßt werden, gegen ihre Seelsorger aufzutreten; daß Letzteren

Wie man in dem ersten Falle an keine Selbstständigkeit und Unabhängigkeit der Gerichte, also an keine Gerechtigkeit mehr denken könnte, so führen die Consequenzen einer strafgerichtlichen Behandlung der Predigten auf — Hinderung der freien Religionsübung.

Nehmen wir nun den zweiten Fall, und ist es constatirt, daß der Prediger wirklich eine rechtsverletzende Absicht bethätigte, so hat er ein kirchliches Amtsvergehen begangen, und ist daher nur dem forum ecclesiasticum unterworfen. Der Schluß ist also immer unrichtig [1]).

Wollte man mit Verletzung der kirchlichen Jurisdiction, also der Kirchengewalt überhaupt, eine Predigt als weltliches Vergehen betrachten und vor die weltlichen Gerichte ziehen, so fiele sie unter die Kategorie der politischen „öffentlichen Reden." Das Streben der katholischen Kirche geht offenbar dahin, die öffentliche Ordnung, d. h. die Vernichtung der Willkür (komme sie her, wo sie wolle) und der sittlichen Verkommenheit durch Wiederherstellung der Kirchengesetze und damit bezweckte Religiosität des Volkes zu begründen.

Es liegt außerhalb des Planes dieser Schrift, nachzuweisen, wie sehr ein gesundes öffentliches Leben der Pflege der Wissenschaft bedarf, welche zarte Pflanze aber nicht gedeihen kann, wenn sie nicht der Lehrfreiheit und des Rechtes der freien Meinungsäußerung sich erfreuen kann, wenn eine leidenschaftslose Kritik [2]) nicht über öffentliche Verhältnisse gestattet ist.

---

hierdurch eine Kritik der Predigten gestattet wird; daß sie dadurch, statt auf Gottes Wort zu hören und es in ihr gläubiges Gemüth aufzunehmen, auf die Person horchen, und auf den Verdächtigen ihr Augenmerk richten.

Wir bedauern es tief, daß das innerste Heiligthum der Kirche: die Kanzel, der kirchlichen Jurisdiction entrissen, und Letztere Laien und sogar Akatholiken anvertraut wird. Der dadurch herbeigeführte Zustand der gedrückten Gewissens- und Lehrfreiheit kann sowohl für Kirche als Staat nur nachtheilige Folgen haben, abgesehen davon, daß die Verletzung der geistlichen Autorität auch der weltlichen schadet."

1) Vgl. Oberhofg. Jahrbücher XX. Jahrg. S. 344 ff., 14 ff. Die Aeußerung von Urtheilen ist nicht strafbar. Beck, Anmerkungen zum bad. St. G. B. S. 7. 8.

2) Nicht jede Verletzung der Staatspflichten darf überhaupt von den Civilgerichten bestraft werden, z. B. Meuterei.

Ist dieses aber richtig, und muß man insbesondere letztere in einem constitutionellen Staate zugeben, so kann man es dem Klerus auch nicht zum Verbrechen machen, wenn er die ihm für das Wohl des Staates wie der Kirche nachtheilig scheinenden Principien des s. g. Staatskirchenrechtes in ihrem wahren Lichte und zwar von der Stelle aus, welche ihm anvertraut ist, darzustellen versucht hat.

Man wird ihm sogar von unbefangener Seite und bei ruhiger Betrachtung der Lage sowohl bezüglich des Staates als der Kirche dankbar sein müssen, wenn er durch liebevolle, wahrheitsgetreue Beleuchtung der streitigen Puncte eine Versöhnung und dauernde Ausgleichung der Principien bewirkt, da ein fester Frieden nur auf Wahrheit beruht.

Es ist anerkannter Grundsatz, daß es den Gerichten nicht zusteht, die Handlungen der zuständigen Verwaltungsbehörden zu prüfen[1]). Dies wäre aber offenbar der Fall, wenn ein weltliches Gericht sich eine Entscheidung über eine Predigt erlauben würde.

Es fällt hier überdies Alles in die Wagschale, was im vorigen Paragraphen über die Behandlung von Amtsvergehen insbesondere über Vertretung öffentlicher Diener gesagt ist.

Endlich liegt es offenbar ganz außer der Absicht und dem Zwecke des betreffenden Strafgesetzes, über Amtshandlungen eine Entscheidung zu treffen, da es vielmehr die Behörden und die öffentliche Ordnung gegen Angriffe Unbefugter, Einzelner zu schützen, und die zur Zeit seiner Erlassung noch gährenden revolutionären Reste zu bändigen beabsichtigte; nicht aber eine öffentliche Behörde gegenüber der andern protegiren will. Dies springt in die Augen, wenn man nur erwägt, daß ein Conflict zwischen zwei öffentlichen Gewalten, wobei die eine sachgemäß dazu auffordert, ihre, also nicht der andern Anordnung zu befolgen, gar nicht denkbar wäre; wenn die eine das Recht hätte, sofort zu §. 631. c. St. G. B. ihre bequeme Zuflucht zu nehmen. Das wesentliche Moment der fraglichen „Verbrechen"

---

1) Bad. Annalen XX. Jahrg. Nro. 23. (Erklärung des Gr. Evangel. Oberkirchenrathes, Urtheil des Gr. Oberhofgerichtes v. 24. Oct. 1853, Nro. 49 eod.)

fehlt in solchen Fällen immer, nämlich: das unbestrittene, unzweifel=
hafte Recht und die Zuständigkeit der öffentlichen Gewalt. Kann aber
von dem Einzelnen nur ein rechtmäßiger Gehorsam gefordert werden,
so können doch öffentliche, koordinirte Behörden nicht unbedingte Un=
terwerfung unter die einseitigen Anordnungen einer Stelle von einan=
der verlangen.

Das fragliche Gesetz [1] will die positive Ordnung aufrecht er=
halten, es kann also nicht gegen ein Bestreben gerichtet sein, welches,

---

1) Es lautet wörtlich: §. 631. a.:

„Wer auf demselben Wege (durch Anschläge an öffentlichen Orten, durch
Verbreitung vervielfältigter Schriften, Bildwerke u. dgl., durch öffentliche
Reden oder durch andere öffentliche Handlungen) durch Erdichtungen,
durch Entstellungen der Wahrheit oder durch grobe Schmähungen zum
Hasse oder zur Verachtung gegen die Staatsregierung, gegen einzelne
Staatsbehörden, gegen die Volksvertretung oder gegen einzelne Klassen,
Stände und Genossenschaften von Staatsbürgern aufzureizen, oder auf
diese Weise durch Erdichtungen oder Entstellungen der Wahrheit Unzu=
friedenheit mit den Verfügungen der öffentlichen Behörden zu er=
regen sucht, wird mit Gefängniß nicht unter vier Wochen bestraft.

§. 631. b.:

„In die gleiche Strafe verfällt, wer auf demselben Wege unwahre That=
sachen, welche eine die öffentliche Ruhe und Sicherheit gefährdende Auf=
regung zu veranlassen geeignet sind, mit dem Bewußtsein ihrer Un=
wahrheit oder doch ohne zureichende Gründe, sie für wahr zu halten,
verbreitet.

§. 631. c.:

„Wer auf demselben Wege zur Begehung einer strafbaren Handlung, zum
Ungehorsam gegen Gesetze, Verfügungen und Anordnungen der zustän=
digen öffentlichen Behörden oder gegen die zu ihrer Vollziehung berufenen
Organe auffordert, oder ein Verbrechen als verdienstliche Handlung dar=
stellt, wer ingleichen Feierlichkeiten für Verbrecher oder deren Urheber,
oder Sammlungen von Beiträgen, um die wegen eines Verbrechens An=
geschuldigten oder Verurtheilten für die hieraus erwachsenen Kosten und
andere Nachtheile zu entschädigen, veranstaltet oder ankündigt, wird mit
Gefängniß von vier Wochen bis zu sechs Monaten bestraft.
Bei der Aufforderung zu Verbrechen kann die Strafe bis zu einem Jahre
Arbeitshaus ansteigen, vorbehaltlich noch höherer Strafen, wo das Gesetz
eine solche besonders androht."

§. 631. f.: Der Erfolg ist irrelevant.

wie das der Kirche, das gleiche Ziel verfolgt. Der Klerus, die natürliche Stütze der Rechtsordnung, verdient es wahrlich nicht, unter das sog. Wühler-Gesetz gestellt zu werden. Es soll damit nicht gesagt sein, daß Einzelne (wie dies bei jedem Conflicte geschieht) in ihrem Eifer zu weit gegangen sein können; allein in diesem Falle ist der positive Rechtsgang der, sie vor ihr competentes geistliches Forum zu stellen, von dem man mit vollem Rechte unparteiische Justizleistung erwarten kann.

Es kann hiernach nicht bestritten werden, daß die katholische Kirche vom Standpuncte des positiven Rechtes es verlangen kann, und daß die Bischöfe gemäß ihrer Verpflichtung: „die Hinterlage des Glaubens rein zu bewahren," es unabänderlich verlangen müssen, daß die kirchliche Immunität geachtet und geschützt werde und daß sie insbesondere nicht unter irgend welchem Vorwande von den Landes-gerichten angetastet werden darf. Wir haben gesehen, daß die juris-dictio ecclesiastica: ein Grundprincip des selbstständigen Reiches Christi, eine Verfassungsgrundlage desselben ist. Da die freie Reli-gionsübung zu den bürgerlichen Rechten [1]), d. h. zu denen vom Staate zu schützenden Rechten der Staatsbürger gehört, so wird kein Rechts-staat sich dieser Verpflichtung entziehen.

Es soll damit dem Staate, d. h. dessen Repräsentanten durchaus nicht zugemuthet werden, die katholischen Religionswahrheiten zu glauben; sondern nur gemäß der von ihm übernommenen Verpflichtung, die Katholiken nicht zu hindern, ihrerseits ihren Glauben bethätigen zu dürfen; und sie in der Ausübung ihrer Religionsrechte zu schützen.

Wenn zwei öffentliche Gewalten, welche wie Kirche und Staat die Grundsäulen der menschlichen Gesellschaft sind, einen Kampf über die Grundprincipien ihrer Existenz führen, so wird allerdings die „öffentliche Ruhe und Ordnung" gestört. Der Urheber hievon ist natürlich nur der Theil, welcher in das Gebiet des andern eingreift. Es kann also jedenfalls das Urtheil hierüber nicht von dem einen der streitenden Theile gefällt werden.

Die Staaten können ihr Verfassungs- und Regierungs-System ändern. Sie haben es auch im Laufe der Zeiten immer gethan.

---

1) Zachariä Staatsrecht S. 411.

Durch ihre Schwankungen werden die Unsicherheiten veranlaßt, die zu Conflicten führen. Die katholische Kirche kann und darf aber ihr Verfassungs- und Regierungs-System, und ihre darauf beruhenden canonischen Gesetze nicht alteriren. Es ist daher ein wahrer Frieden mit ihr nur durch unumwundene Anerkennung derselben möglich. Dieses unerschütterliche Bewußtsein ihres uralten Rechtssystemes, ihrer ältesten, heiligen Legitimität bewirkt denn auch, daß sie jeden Angriff derselben mit — „Verfolgung" bezeichnet. Letztere war aber stets ihr Siegeszeichen, und sie führt den Kampf um ihr Recht im Vertrauen auf ihren göttlichen Stifter, der ihr verheißen hat:

„die Pforten der Hölle werden nichts wider sie vermögen!"

—→→→✳←←←—